惡魔觀賞的歌舞劇

德吉洛
魔法商店

山梗菜 著

【各界名家推薦】

你會想要永遠裝不滿的垃圾桶嗎？如果真的有永遠裝不滿的垃圾桶，除了再也不用追垃圾車外，你還想做什麼呢？

來自德吉洛魔法商店的九個奇妙小道具，被十三個客戶拿來改變了自己的人生，也順道改變了許多別人，看似毫無關連的九起事件，被神祕的追蹤者串連起來，添加對後續發展的期待。

科技造成的改變取決於人性，而超越科技的魔法把人性的好與壞都加倍放大，到頭來魔法反映的也是現實的縮影，讓我們看到世界本來就有只是未曾注意的面貌。

——**千晴**（懸疑小說家，近作《盜攝女子高生》）

黑暗人性與恐怖創意的優秀結合，讓人回想起童年流連在租書店內，抓著一本又一本的恐怖漫畫飢渴閱讀。這股只為滿足一絲獵奇的興奮之情，如今因為本書再度甦醒了！

——**月亮熊**（奇幻小說家）

魔法一直是人類所嚮往的能力，當這麼想的瞬間，人類就已經成為最低賤的物種了……

雖然這麼說，但還是好想要商店裡的魔法商品啊！哎呀，這麼想的我，心理是不是也有一點不健全呢。

——**胡仲凱**（新星導演／作家，近作《似罪非罪》）

目次

序章

無聊透了。

身上穿著暗紅色晚禮服的少女，在心裡想著這幾千年來不知道想過幾百萬次的念頭。

少女擁有能迷倒各種時代的男人們的美貌，還有一頭會發出漂亮的藍光的秀髮。長久的歲月以來她靠著美貌得到各種有趣的東西，也玩弄過不少的人類，但一段時間過後，她就因為失去玩具而再次感到厭煩。

少女並不是人類，而是凌駕於人類之上的存在。她的壽命是人類的上百倍，這副年輕的模樣也不是本來的樣子。

她會選擇這個模樣的主要原因除了美麗以外還有一個，那就是這副模樣能夠輕易地跟人類親近，然後利用對方來取樂。

跟人類簽下契約然後收取靈魂這種事已經有點膩，早在幾千年前她就不做了。單純地拷問人類又太單調。不過，這次她已經想到另一個更好的主意，這回一定可以找到更多樂子。

那就是把她自己在閒暇時間製作的小道具，拿出來販售給人類。

看人類得到力量後會做出什麼蠢事，這也是一種娛樂。

少女的面前有一間五分鐘前創造出來的生活用品店。在這之前，這裡只是她買下來的空店面，別說裝潢了，裡面甚至還沒有打掃過。

裡面的商品全部都是一分鐘前創造出來的新貨。對她來說，要在一秒之間創造出能塞滿一間房間的金塊根本輕而易舉，遑論普通的生活用品。但因為人類花上數百年追求的事物她一瞬間就能弄到手，她才會感到無聊至極。製作那些對人類來說擁有強大力量的道具，對她來說就像人類花幾個月完成一幅油畫，只是為了消磨時間還有娛樂罷了。

所以過去總是踩在人類的頭上的她，這次決定扮演服侍人類的角色。

站在不同的角度，這回她也會找到不同於以往的樂趣才對。

她輕輕彈指，身上的晚禮服不知何時變成人類的白色店員制服與黑圍裙，圍裙上也別上了寫著「白雨芯」這個假名的名牌。

「店名的話……就這麼取吧！」

白雨芯的手掌朝眼前什麼也沒有的空白招牌一抹，招牌就像魔術般化成紫底白字的優雅招牌。上面用漂亮的字體寫著「德吉洛魔法商店」。

第一章　絕對無底垃圾桶

吳俊明帶著一點興奮，把手中的果皮扔進眼前看起來沒什麼特別也很便宜的垃圾桶。果皮掉進垃圾桶底部，連一點聲音都沒發出來就消失不見了。他把那個藍色金屬垃圾桶倒過來，卻沒有任何垃圾出現。

在俊明這種尼特族的房間裡面，就有不少能拿來試驗的垃圾。吃完丟著的泡麵碗、免洗筷、49嵐的飲料杯、便當盒、廚餘……他像找到新玩具一樣，把那些平常連拿出去丟都嫌麻煩的垃圾一個接一個丟下去。

垃圾桶就像黑洞一樣，把所有丟進去的垃圾都容納進去。容積看起來裝一袋中型垃圾袋就滿了的垃圾桶，現在已經把整個房間的垃圾全裝進去，而且俊明再怎麼使勁地倒也倒不出任何東西。

他暫時把注意力從手機螢幕上的手遊遊戲對話全移到垃圾桶上。

時間拉回半小時前。這天早上已經是剛滿三十二歲的俊明不知道第幾次跟討厭的家人吵架，為了始終無法就業宅在家裡的問題，每次在家裡都吵得幾乎害他想要動手殺人。

「你看看你自己的樣子……房間自己從來不肯整理，鬍子也都不會自己刮乾淨啊？這麼髒的人到底有誰會雇用你？」

因為照顧兒子而面容憔悴的中年婦女，依然憤怒地指著手機上的美少女遊戲角色：「然後你就只要玩這種東西，玩到你死為止嗎！」

「妳吃屎吧，外面的公司都沒有回應，不然是要我怎麼樣啦！」

他把沒吃完的洋芋片袋子生氣地摔在地上，然後完全無視來自現實世界的任何反應。眼見打算啃老到死的兒子毫不上進的態度，她憤怒而傷心地把自己從便利商店拿來的求職專報丟到地上，大喊：

「你給我把房間弄乾淨！」

「有啊，我丟在垃圾桶裡面沒看到嗎？」

他指著已經塞滿的垃圾桶，敷衍地回答。

「那你給我去買新的垃圾袋還有垃圾桶，然後一小時之內把房間給我弄乾淨！」

垃圾桶底下漏出奇怪的汁液。拿起來一看，桶底竟裂開了。

「好啦我去買啦！」

感到厭煩的俊明抓抓頭，抓著老媽丟在桌上的鈔票便走出房門。反正等一下也同樣要順便買泡麵回來吃，怎樣都沒差。

不過這附近哪邊有賣垃圾袋……平常他只會到便利商店買泡麵，比便利商店更遠的地方就不熟了。

穿著一件內衣跟拖鞋就在路上晃的他，看到路邊的雜貨商店。那是一間掛著紫底白字，用漂亮的字體寫著「德吉洛魔法商店」的店家。

魔法商店？這什麼中二感爆表的店名啊。況且以前這裡有這種店嗎？

這麼想著的俊明也不禁感到好奇，於是直接走進去。本來以為裡面會是一堆放著像魔法陣啦厚重的魔導書啦這類只有在cosplay活動才看得到的東西，結果裡面意外地只是普通的日用品販賣店。

店裡的商品也都是衛生紙、衣架、塑膠椅這類普通的生活用品，不管哪邊都沒看到水晶球或塔羅牌這類的道具。

不過這間店雖然是日用品店，裝潢卻豪華得不像日用品店。店裡的牆上貼著繪有金色的古典花紋的壁紙，腳下的磁磚也是相當高級的白色大理石地磚，就連放置商品的架子也洋溢著一股高級感，站在店裡面的俊明，不禁感到安心與放鬆。

明白只是自己想太多的俊明嘆口氣。剛好這裡也有賣垃圾袋，他隨便抓了一包並順便找新的垃圾桶。這時，店員走過來向他搭話。

「需要為客人介紹商品嗎？」

俊明看了對方一眼，他在那一瞬間不禁屏住了呼吸。

眼前的店員是個看起來只有高中生年紀的美少女。她身上穿著非常整潔的黑圍裙，整潔的程度讓穿著隨便的俊明都不禁為自己的隨便感到慚愧。

再加上一頭飄逸的淺藍色長髮與墨綠色眼睛，眼前的店員是連俊明這種平時對現實世界的女孩沒興趣的人也覺得可愛的女孩。

「喔……不用……」

「您在找垃圾桶嗎？」笑容親切的店員竟然一語道中他的目的。

「咦、妳怎麼會知道？」俊明大吃一驚，這時他的視線注意到她的名牌上寫著「白雨芯」三個字。

「呵呵……因為我看到您手上拿著垃圾袋，所以就這麼猜囉。我的直覺向來都很強呢！」

「這樣喔，哈哈哈……」俊明發出尷尬的笑聲。

「我們這邊正好有個容量特大的垃圾桶，目前特價只要二十五元，要不要參考看看啊？」

不等俊明回答，雨芯便走向店面最後方一間門上用紅字寫著「D」的房間。幾十秒後雨芯回來，她的手上多了一個特大號金屬垃圾桶。

「這麼大一個只要二十五塊嗎？」

很普通的藍色金屬垃圾桶，尺寸比一般家用垃圾桶再大一些，沒有蓋子，只賣二十五元實在很便宜。

「今天是本店的開幕特價促銷日，所以這是真的！」

「太好了！」

正因缺錢而苦惱的他買下了那個垃圾桶，順便買個泡麵就回家了。

「那個人是智障嗎……現在這種不景氣的時代本來就沒有什麼好工作可以找啊！」

回到房間，卻依然不停對家人與社會發出怨恨之聲的俊明，把剛才丟在地上的洋芋片袋丟進去。反正都是裝著，再放一個袋子根本麻煩。

在生氣地把垃圾隨便亂塞一通之後，俊明這時察覺到一件怪事。眼前的垃圾桶，還是輕得跟什麼東西都沒裝一樣。

時間再回到現在。如今他把累積三天份量的垃圾已經全丟進去，這些垃圾的體積遠遠超過垃圾桶的容積，但垃圾桶仍舊空空無也。他朝裡面望進去，垃圾桶的桶底一片黑暗，彷彿遙遠宇宙的深淵。

然後，他的嘴角不禁揚起。

「怎麼樣都填不滿的垃圾桶嗎？真好玩！」

他完全忘了自己是在打掃房間，從外面拿了掃把將地上的灰塵蟲屍掃乾淨，再把廚房廁所的垃圾廚餘全都一起倒進去。看來還不夠，他把堆在房間角落那堆懶得丟掉的大學參考書都跟著丟進去，直到家裡沒有垃圾能再丟為止。

「好好玩……這個垃圾桶太神奇了！」

這個無底垃圾桶讓他非常興奮。俊明覺得自己好像找到一個全新的人生目標，抓著掃把，他不顧背後的老媽還在叫喊就衝了出去。

他辛勤地在街上掃了一個下午的垃圾。當路上掃得一塵不染的時候，垃圾桶依然沒裝滿。就算把垃圾桶放在陽光下往內看，還是只能看到深不見底的黑暗。

就像把所有垃圾都吸收殆盡的黑洞般。

當了好幾年的尼特族，他的身上已經好久沒有湧現像這樣子的幹勁了。對了，反正既然都沒錢又有時間，那為什麼不自己去找清垃圾的兼職打工試試看？

現在他對這個垃圾桶的興趣已遠遠超過疲累與不滿的感覺。

多虧這個時代這種骯髒的工作沒什麼人想做，所以俊明很快就找到了清潔工的兼職。每天早上到處清公廁垃圾，直到連公廁外的垃圾桶都收拾乾淨倒進去為止。

還不夠。

他每天辛勤地清理家裡跟外面的垃圾，但它們一裝進垃圾桶之後就消失無蹤。垃圾桶完全無視物理法則，不管丟多少進去都像掉進大峽谷的碎石般一去不回。

到底還要裝多少進去才行？

靠著辛勤的表現成為清潔公司正職員工的俊明依然困惑著。他倒進去的垃圾都已經超過它的體積一百倍了，但拿著它的時候還是感受不到重量。

那麼，除了普通的家庭垃圾，哪邊還會產生大量的垃圾呢？

他想得到的大概就是醫院這種會產生大量醫療垃圾卻又不能像普通垃圾一樣亂丟的地方了。他的目的不是賺錢，而是要弄到更多的垃圾去填滿眼前的垃圾桶。如果跟醫院的廢棄物處理部門直接聯繫，然後表明自己的處理費用比外面的業者低了許多的話，肯定可以順利把垃圾弄到手。

針筒、棉片、紗布、刀片、切下的腫瘤、脂肪、血液、腐蝕性溶液、過期藥物、輸血管、拋棄式實驗器具……垃圾桶吞噬著大量醫院不要的各種垃圾以及需要特殊管理的廢棄物，直到一切倒得一乾二淨也什麼都看不見，彷彿垃圾都被倒進異次元去了。

等到幾個月後俊明回過神時，自己已經是自行創立一間小型清潔公司的負責人了。人在做自己熱衷的事情時，時間總是會過得特別快。這段時間因為他收垃圾還有處理垃圾的效率非常快，同時也建立起良好的口碑。

委託的客人一多，他就自然而然開始自立接案。因為完全不需要掩埋或放置大量垃圾的場地，他很快地就成立個人企業。

他每天都派遣數十名員工出去替自己收垃圾回來，接著再由他自己把垃圾一包包扔進去。看著這些垃圾被吸引垃圾桶裡面消失無蹤，他的內心也充滿成就感。

還不夠……只有這樣子的垃圾還是不夠！他要再用同樣的價格吸引更多客人把垃圾交給他，對了，開始收大型垃圾吧！就算那種大小塞不進去，只要再聘請多一點員工來幫他拆解垃圾就好了。

他生活的重心已不再是攻略手遊劇情，而是把垃圾桶填滿。他認真的樣子，就連以前看到他都絕望的家人都刮目相看，誰也想不到整天鎖在房間裡的尼特族會在快一年以後變成清潔公司的負責人。

他想要弄到手的，已經從家庭垃圾、餐廳廚餘、醫療垃圾到了企業垃圾、大型垃圾、工業廢棄物，他的公司還發展出大樓全面清潔服務，而且有了無限制吸收垃圾的垃圾桶，省下垃圾處理成本以後自然就能壓低給客戶的價錢，他的公司更是輕易地在清潔業界脫穎而出。

這個社會上到處都是各種難以處理的垃圾，但不管是有毒的還是非法丟棄的，對俊明來說全部不成問題。

在公司成立一年半後，他把事業的觸角伸向了處理外國垃圾的領域。

現在是不管哪個國家都在為垃圾處理問題煩惱的時代。當某個國家不再進口其他國家的垃圾的時候，那些國家就必須找尋其他願意進口垃圾的國家或自行處理。

無法處理、無法分解的垃圾只會在這地球上越來越多。就算人類社會開始流行減塑環保的風潮，這個問題短期之內恐怕還是無法解決。

這些無處可去的垃圾，在俊明眼中是新的目標。

透過管道，他把那些外國進口的垃圾弄到手，全都一股腦地倒進迷你的黑暗深淵。僅僅半個月時間，他已經處理掉無數不可回收利用的廢棄物。

連他自己也沒有想到，他只是想著要填滿垃圾桶而已，它反而替自己的人生帶來這麼大的變化。這個世界少了許多麻煩的垃圾，客戶們也因為能用低廉的價格處理廢棄物而開心，自己也朝填滿垃圾桶的目標邁進，可謂三贏局面。

可是收了一年的垃圾，他不只因為變有錢而開心，也因為這個垃圾桶的力量而畏懼。

他倒進去的東西也有數百噸了吧？

體積這麼龐大的東西到底去哪了？

這一切對他來說就像在做夢。又過了幾個月，等外國的不可回收廢棄物處理委託全部告一段落以後，他放棄了填滿垃圾桶的目標。

他想要知道裡面的構造與祕密。

在某個星期天，他決定要親自進入垃圾桶一探究竟。

俊明準備了好幾捆連接在一起後總長約一千公尺的登山繩。把繩子一端固定在辦公室的柱子上之後，他就可以慢慢垂降下去。

其實他根本沒練習過攀岩或登山，不過他也不知道其中的危險性，以為只要抓緊繩子就不會出事，所以他把繩子固定在外面的柱子上以後，就自己一個人下去了。

只是這樣子垂降下去就已經讓他覺得很吃力。垃圾桶內部就像一口看不到底的井，入口已經在他的頭頂變成一個小光點。他慢慢垂降才五分鐘的時間，卻已經讓他已經覺得非常吃力。

手中繩子長度只剩四分之一，自己居然已經在垃圾桶裡下潛七百五十公尺了，這垃圾桶是哆啦Ａ夢發明的嗎？

大概又十分鐘時間，繩子用完了。他拿出手電筒往下照，下面一片黑暗依然看不到底。如今的俊明等於是懸在半空中，進退不得。

「喂！！」

他向下大叫一聲，沒有回音。俊明真的開始害怕了，因為垂降容易爬上難，現在光是抓著繩子撐住就已經用盡全力了。想像一下自己潛到深海一千公尺，除了手中的光源什麼都看不到的環境就不難明白那種心情。

「救命！有誰聽到我的聲音嗎？救命啊！」

我白痴啊，早知道就叫人在上面待命了！現在俊明非得靠自己的力量往上爬回去，但是平時運動不足的他已經開始雙手發抖……

啪。

上面某一段繩子因為重量過重傳來斷裂聲。

墜入萬丈深淵的俊明發出只有他自己才聽得到的慘叫，整個人急速下墜。因為過度驚嚇，他甚至在空中墜落的途中就失去意識。

大概下墜了一、兩個小時後，等到他感覺到自己好像掉在什麼東西上的時候才醒來。

周圍依然一片黑暗，但俊明感覺到下面的東西是類似保麗龍的軟墊，這應該是他上回處理掉的廢保麗龍。

俊明抽出腰間備用的手電筒一照，他倒抽了一口氣。這段日子他丟進垃圾桶的垃圾堆成一座丘陵般的垃圾山，只要動一步腳下的垃圾就會崩塌。

「哇啊啊！」

俊明一個不小心跌倒，一路從山頂跟著崩塌的垃圾滾到山下。這個地方好臭，各種廢棄物的刺鼻臭味混合成高濃度的臭氣，俊明覺得快澈底窒息，直接嘔吐出來。

吐完後爬起身一看，這個可怕的地方一片黑暗，但稍遠處卻有一團火光。

「有人在嗎！聽得到我的聲音嗎！」

他對著頭頂的黑暗大叫，但什麼反應也沒有。反倒是一片寂靜中，有一道腳步聲從火光處傳來。

「什麼人？」

對方的手中還舉著火炬，因此當他靠近俊明時，臉龐穿著都一清二楚。他穿的不是衣服，反而是一件用塑膠帆布縫成的斗篷狀物體，他身上到處都長滿膿包，散發著沒洗澡的惡臭。

奇怪的男人打量了他一會，聲音乾澀地問：「你從垃圾桶掉進來的嗎？」

「這裡是哪裡！你也是從垃圾桶掉進來的嗎？」

「大概快兩年前掉進來的。垃圾桶直接連通到這個空間，所有丟進來的東西都在這裡，上次那個一大堆髒水是你倒的嗎？託你的福我才能好好洗一次澡。」

男人一副失去求生意志的表情已經無力再解釋，只是沿著垃圾山邊的小路繼續走回原處。俊明看到那裡有用碎木板、木棍、水管搭起來的小屋，小屋前的營火發出一股死屍般的惡臭，從扔在一旁燒過的殘渣判斷那個應該是廚餘或動物屍體。各種垃圾的臭味瀰漫在空氣中，連曾是尼特族的俊明都快吐了。

「我出不去了嗎？」俊明非常恐慌。

「對，我是垃圾桶的上一個主人，我掉進來的時候裡面還有上個跟上上個主人。」

「那他們逃出去了嗎？」

「沒有……他們都在我的肚子裡！」

那個人突然抓起一旁的鐵棍，作勢要敲俊明的頭。他連忙閃開，不過這前一任主人的體力並沒有自己那麼好，動作很遲緩。

「關在這種鬼地方，除了廚餘之外根本沒有什麼東西可以吃！我每天都要等垃圾丟下來，像狗一樣翻裡面的東西，連用的東西都是垃圾，爛死了！」

俊明竄逃，但男子踩住綁在他身上的斷繩讓他絆倒。他的眼裡已經沒有任何理智，只剩下叫人膽寒的食欲而已。

「所以那些活著的人都被我打死然後烤來吃了。在這種地方根本逃不出去，到死都只有絕望而已！可是你不用這麼害怕啦，因為你等一下就要死了！」

瘋漢仍在垃圾山間追逐著俊明。但他體力不夠動作遲緩，俊明馬上就鼓起勇氣反擊。

「你才去死啦！」

他隨便抓了一根斷掉的鋼筋，馬上就朝瘋漢頭上重重一擊。他發出可怕哀嚎，在地上痛苦打滾，不過被恐懼逼到極限的他沒有想到留他活口的選擇，只是拼盡全力毆打這個瘋子，直到他動也不動為止。

垃圾堆積而成的黑暗世界再度回歸寂靜。

他坐倒在地上，抬頭看著一點亮光也沒有的天空，這裡除了自己丟進來的垃圾什麼都沒有。放眼望去只有無窮盡的垃圾山而已。

如果他說的是真的，那他恐怕一輩子都要困在這個地方了。

這不是垃圾桶，而是讓人類自己遲早有一天掉進來然後受困到死的牢獄。

——早知道就待在外面乖乖做自己的生意就好了……沒事幹嘛跳下來自己困死在這邊啊！

俊明在這個除了無數座垃圾山以外什麼都沒有的世界抱頭痛哭。

這裡沒有食物，地上還到處都有感染的針頭之類的危險垃圾，不小心踩到一次的俊明痛得大叫，而且這裡還沒有能用的藥水，這樣下去的話自己恐怕會因為感染死亡。

肚子餓、腳底又痛。在黑暗之中等待死亡降臨的心理壓力，更是讓俊明內心崩潰。

在一星期的垂死掙扎，確定沒有人能救自己之後，俊明最後只能在後悔憤恨之中，病死在這座沒有邊界的垃圾場裡。

而俊明成立的清潔企業，也因為負責人突然失蹤陷入混亂，不久後便從業界消聲匿跡。

第二章　海水召喚海鹽

「你們怎麼可以放那樣的人出來啊！」

媒體記者的鎂光燈閃個不停，而剛失去自己最親愛哥哥的憶茹抓著親人的黑白遺照，對著那個獲釋出來被警方包圍著前進的肥胖中年男子大吼著。

「那個人根本不是人類，他酒駕撞死了我哥，他先前不是還撞死了很多其他人嗎！為什麼法官要讓那個惡魔出來？快說啊……！」

憶茹被警察強硬地往後推，就連她想衝上去把那個人打一頓也辦不到。身上穿著素色襯衫的男子用斜眼瞄了她一眼，然後露出一道完全不以為意的微笑。

這對身為家屬的她來說，是多麼大的屈辱！

「我不接受！為什麼法律不能制裁那種已經酒駕撞死十五個人的兇手！」

任憑她怎麼大喊，不知道第幾次獲釋出來的兇手已經重獲自由。然後記者蜂擁而上，抓著麥克風訪問：「郭小姐，能不能告訴我們您現在的心情如何？」

「法律根本就只會袒護這種壞蛋！我要上訴到底，一定要幫我哥討回公道！」

憶茹喊到連喉嚨都沙啞，最後只能跪在地上啜泣。不過，失去一個經濟支柱的家族還能拿出多少錢來打官司都還是個問題。

在一個星期之前，憶茹的哥哥明明還很健康地走出家門，準備到公司把客戶的專案解決掉，可是晚上十一點多，當哥哥騎著機車回家的途中，那個叫趙博嘉的冷血商人卻開著賓士超速行駛，結果在路上把哥哥當場撞飛。哥哥連人帶車飛到數十公尺外的水泥地上，當場重摔慘死。

趙博嘉隨後馬上被逮捕，而且酒測值還達到了0.83，連小學生看了都知道一定違法。但是一個星期之後，法官居然以「嫌犯有悔過之意，應予教化之機會」為理由，馬上把殺人魔從獄中釋放出來。

她忿忿不平地搥著柏油地面，搥到手都流血破皮了。想也知道，那種有錢的商人肯定花了不少錢才讓自己重獲自由吧。而且現場還有其他一起抗議的家屬，但撞死人的趙博嘉至今還沒有到任何死者的靈前來上香致意過。

「先休息一下吧。」

公司同事蹲在還在大哭著的憶茹旁邊，遞上一條手帕讓她擦淚。

「我不甘心……那個殺人犯居然還笑得出來！我要為我哥討回公道！」

「唉。」

同事把憶茹扶到一旁長椅上，感慨地說道：「聽說那個人好像跟白道和黑道都混得不錯，跟他生意上對立的企業，一定都會被不明人士開槍警告。先前有死者家屬在他的公司門口舉布條抗議，結果隔天就被黑衣人圍毆，打到不敢說話了！」

「你是說我要這樣子放過那種人嗎！」

「我沒有這樣講，但現在的妳又能怎麼辦？」

憤怒歸憤怒，但憶茹也只能拜託懂法律的朋友來幫忙打官司，作最大的努力。

「我去附近散心，你先回去吧。」

憶茹把東西全收進包包裡，臉色難看地離開看守所現場。

一想到媽媽看到哥哥慘死的樣子痛哭的樣子，她就沒辦法原諒奪走她的親人的那個惡魔。

如果法律沒辦法制裁這個惡魔的話，那就算是透過自己的手……

一陣可怕的殺意湧上心頭，差點讓自己的心又被憎恨給佔據。她不禁靠在路燈旁邊難過地喘幾口氣，這時還是先去附近買個水來喝好了。

眼前的街上有超市也有便利商店。她買了礦泉水走出來的時候，她看到右前方有一間招牌寫著「德吉洛魔法商店」七個字的商店。

「那是什麼？」

德吉洛魔法商店——雖然店名有魔法兩個字，但從玻璃門看進去，內部卻是不折不扣的日用品雜貨店。

為了調適心情，她決定在這間店裡面到處晃晃。這間店明明只是普通的日用品店，卻採用白色大理石地板與華麗裝飾，頭頂還有漂亮的水晶燈，加上空氣中的薰香味，讓滿腦中只有憤怒的憶茹也暫時忘記不愉快。

站在櫃檯邊的店員是個只有高中生年紀的少女。當憶茹拿著洗衣乳結帳的時候，親人死去的景象依然在腦海盤旋不去。

「總共是五百八十元……客人您還好嗎？」

店員看著突然站在櫃檯前流下淚水的客人，有點在意地問道。

「我沒事……不好意思。」

當她抓著商品連忙要走的時候，店員平淡卻一針見血的話語卻從她身後傳來：「您的聲音聽起來很不甘心，最近在生活上遇到了什麼重大打擊嗎？說不定我可以幫上您的忙喔。」

聽到這句話的憶茹，不禁回頭仔細打量眼前的店員模樣。

眼前少女店員的容貌以憶茹的標準，可以說長得非常可愛。她有一頭染成淺藍色而且髮質保養得非常好的長髮，看得出她非常有個性。

瞳孔不知道是不是戴了隱形眼鏡的關係，是很特別的墨綠色，而胸前的名牌寫著「白雨芯」。當她那雙眼睛盯著自己的時候，好像連同心裡面的心事都會被她看穿。

「就算說了你也幫不了我。」憶茹冷冷地回答：「要是我說我想跟那個撞死我家人的人報仇，你要怎麼幫？」

高中生年紀的店員輕笑幾聲，彷彿在說「這算什麼問題？」。

「只要可以報仇，這樣就行了嗎？」

店員用小巧的手掩著嘴，發出好像聽到什麼有趣的事般的輕笑聲。

「我們店裡有很推薦客人使用的商品……請稍等一下！」

她轉身離開櫃檯，跑進店面最後面的房間。幾分鐘後，她拿著一瓶包裝像外國進口的玻璃研磨鹽瓶回來，上面用藍底白字英文寫著看不懂的產地以及「Sea Salt」兩字。

海鹽？這跟報仇有什麼關係？

「百聞不如一見，直接使用一次您就會明白這件商品的用途。」

少女走到店門外然後打開外蓋。內蓋雖然有粗鹽研磨器，奇怪的是讓鹽跑出來的孔只有中央小小一個。

「我沒空……」

憶茹有點不耐煩，但少女已旋轉蓋子，讓一顆鹽粒掉到店門口地上。

不可思議的景象出現了。

在鹽粒墜地的剎那，鹽粒突然溶解，而且鹽粒落地的地方瞬間湧出大量比浴缸容積還多的水。儘管那些水都馬上流進水溝，但有些還是淹到憶茹腳邊，嚇得退後幾步的憶茹也被神奇的景象嚇呆了。

「這一罐是『海水召喚海鹽』。」店員鄭重介紹。

「裡面的每一塊粗鹽都用奈米技術刻上召喚海水的魔法陣，只要一小顆掉在地上、桌上或任何人身上與嘴裡，鹽粒會馬上變成一立方公尺的海水。有這樣子的海鹽的話，想要向誰報復都輕而易舉！現在特價只要一百元，就算召喚出來當洗車洗地的水也很划算喲！」

少女用得意的聲調不停說著。看著比劉謙更神奇的商品效果，憶茹也暫時忘掉剛才的事。一顆鹽就能變出一立方公尺的水……那麼那一罐能變出來的海水不就……

「看來客人您也想到了呢。」少女笑吟吟地靠過來：「只要倒一些在那個人嘴裡，您的願望很快就能達成囉。」

「……」

「雖然我們只是提供有用的道具，無法親手替您報仇的商店，但是魔法的力量在不同的人手中，也會帶來各種不同驚奇的結果喔。」

眼前的魔法商品可怕得讓憶茹顫抖了一下。如果掉在地上就能召喚出那麼多海水，那麼只要找到那個惡魔，就可以讓他淹死。

——太可怕了。憶茹不禁打了個冷顫。但是當她的腦海中閃過哥哥被撞得慘死的遺體模樣，還有趙博嘉那副不把人當人看的噁心嘴臉，想要報復的怒火依然蓋過這份恐懼。

「把鹽裝在別的罐子裡能用嗎？」憶茹提出其他問題。

「如果倒出來裝在別的玻璃罐是沒問題的，但掉在外面就一定會變成海水。」

「給我這個。」

「謝謝光臨。請仔細看包裝上的使用說明跟警告。最重要的是……請小心保管，絕對不可以讓罐子摔到地上。」

她隨即掏出百元鈔票，從少女手中接下那瓶海鹽。想了一下後，她又到店裡買了其他需要的東西。

「報仇還請加油！我非常期待您可以帶來一齣精彩的復仇劇喲！」

雨芯在離去的憶茹背後，用等著看好戲的聲音聲援。

※

因為半信半疑，回到家的憶茹在浴室裡又倒了一顆出來。召喚出來的海水馬上淹過她的腳跟，大概三分鐘才全部排光。這的確是海水，那股獨特的鹹澀味她以前跟哥哥在海邊散步時常常聞到。

一立方公尺，一公升礦泉水一千瓶的量。如果這種東西倒一顆在嘴裡的話，大量的海水就會立刻灌進體內讓他撐死或窒息而死。

但那個可愛的店員說的沒錯，這個才是現在的自己需要的東西。

連法律都沒辦法制裁這種殺人魔的話，那麼，就只能靠著自己討回公道。

她緊握那罐海鹽，心裡冷靜地想著可用的辦法。

首先當然就是要找到那個人行蹤。憶茹上網搜尋一下他經營的公司以後，接著拜託在八卦雜誌社工作的朋友調查趙博嘉的行蹤。

趙博嘉專門經營進口家具生意，而且喜歡宴請商界與警界的政要人士一起吃飯和上酒店，是個惡名昭彰的酒駕累犯。過去已經在路上酒駕撞死清潔工、機車騎士、道路施工工人、夜班上班族、即將臨盆的孕婦、來不及過馬路的老人、幼稚園小孩與媽媽……如果算上那位孕婦肚中的孩子以及憶茹的哥哥的話，已經有十六人慘死他的賓士輪下。

但無視輿論撻伐，趙博嘉進出警局有如進廚房拿宵夜吃簡單，不但不用償命還可以獲釋出來，甚至假釋期間還可以繼續到酒店喝酒作樂。在善良平民悲傷哭泣之際，他還能若無其事地摟著酒店小姐大口喝酒，這些事件再次證明人只要有錢，真的就是可以任性。

「妳拿到趙博嘉的每日行程又能怎樣？」

話筒另一頭的聲音很不情願地問道。

「我知道妳很難過，可是也不能用這種手段……」

「你不用擔心這種事。明天下午三點，在車站前的咖啡廳等你。到時候把資料給我就好，剩下的我會處理。」

如果不是得到這麼神奇的道具，她的腦袋也不會立刻想到這種報復計畫。內容很簡單，在找到趙博嘉之後，只要灑幾顆海鹽先牽制他的行動，接著再往他的車裡或嘴裡再灑幾顆讓他淹死就好了。

每個星期五，趙博嘉都會固定在鬧區的這間高級酒店宴請政商名流。從朋友那裡拿來的資料清楚寫著趙博嘉每次消費都十萬起跳，所以貴客來訪時，酒店的保全會變得比平時更森嚴。

只要等到只有他一個人的時候……就算不用蠻力也可以把他做掉。

憶茹的態度異常冷靜，緊握著那罐海鹽。

憶茹的爸爸在她國小一年級的時候就因為胃癌過世了。家裡少了經濟支柱，媽媽與哥哥從那時開始就要一天到晚不停工作。

儘管如此，每天上完課打工後拖著疲累身子回來的哥哥，還是會露出笑容陪寂寞的妹妹玩、教她寫功課。

她家裡沒錢讓她上安親班，憶茹的國小童年回憶幾乎都是放學後就一個人在家裡獨處的時光。因此對憶茹來說，哥哥是陪自己撐過這段時光的重要家人。

但那個惡魔奪走了她重要的家人。趙博嘉那之後受訪的表情就像撞死一隻狗般毫不在乎，對自己重要的家人，對趙博嘉來說根本連人都算不上。

來到酒店前方，她仔細觀察眼前的環境。看來沒有人注意到自己，她趕緊走進去。

憶茹倒了顆鹽粒到酒店上鎖後門的鑰匙孔中。門鎖也無法抵擋強大水壓，瞬間被大量的水沖倒。趁著聲音還沒引來警衛前，她動作迅速地潛進去。

給ＶＩＰ級來賓使用的貴賓室在大樓的十樓。憶茹按著調查資料悄悄來到趙博嘉最常使用的貴賓室，趙博嘉跟女人們大聲唱歌歡笑的聲音從裡面清楚傳來，這讓喪失親人的憶茹更加怒火中燒。

為什麼世上就是有這種人，奪走了別人摯愛的親人以後，還可以毫無罪惡感地大肆享樂！

她的計劃是先用噴漆破壞監視器，接著再從門縫灑鹽粒進去。等到裡面的人都被突然出現的大水逼出來的時候，她就馬上衝向趙博嘉，然後在他臉上灑鹽讓他溺死。拖越久對自己越不利，現在就動手！她從包包拿出工具朝門縫一捅，接著把鹽粒灑進去。

但只多灑一顆，只是這樣就多湧出一座浴缸多的水，隔音金屬門也敵不過瞬間灌進隙縫的大水，馬上被沖垮。

貴賓室傳來一陣驚叫，酒店小姐嚇得連錢都不要就衝出去。裡頭衝出幾個保鑣般的男子，一看到憶茹就馬上走來要抓她。

「滾開！」

她揮舞鹽罐，足以裝滿四座浴缸的洪水馬上沖走毫無防備的保鑣。趙博嘉也從貴賓室裡現身了，他原以為是普通的水管破裂而緊皺眉頭，但當他看到憶茹時，馬上神色變調。

「妳……妳是……」

「來找你的。」

她緊抓剛才捅門的尖嘴鉗，雙眼充滿怨恨地走向他。不相關的人都被水沖走了，接下來只要把海鹽倒在他嘴裡就好。

失去保鑣的他慌張地逃進逃生梯。她追上去，但屠夫逃得更快，一溜煙就從十樓跑到六樓。

別想逃！我要你用命贖罪！

她馬上追下去。途中還聽到他失措敲著逃生門的聲音，但這沒用的！就算你搭車想跑也沒用！

「為什麼把我哥撞死了！」

她怒吼，博嘉還在懦弱地竄逃，這惡劣態度讓憶茹火大得失去理智。

本以為他會逃到大廳，但對商人來說被追殺的消息傳出去有損自己的名聲，所以他才直接逃到地下停車場。

她慢慢推開停車場的安全門，朝慌張打開車門想發動引擎的博嘉走去。

他發了十幾秒的引擎才察覺到，自己愛車的引擎蓋居然在滲水。憶茹事先預測到駕車逃跑的狀況，早就先灌海水讓殺人賓士的引擎報銷。

「給我滾下來！」

她用鉗子敲著車窗，可車窗堅固，連鑿開一個小洞都很難。

「為什麼你撞死那麼多人還能像這樣若無其事？你有想過家屬們的心情嗎？」

「不然妳想怎樣！」

車門粗魯地把她撞開，從車上找到折疊刀的他往憶茹身上踹一腳，作勢朝她身上砍。

「是那個人自己要衝出來給我撞的，不然怪我囉？妳智障嗎？」

「你怎麼說得出這種話！」

「人就撞死了，不然妳要我怎樣啦！」

明知道這是對方為了激怒自己而說的話，但憶茹仍忍不住怒火，高高舉起鹽罐。

「那什麼？把它丟掉！」博嘉指著她手上的罐子大吼：「妳以為用這種方法威脅就有用是不是？」

憶茹沒回應，她悄悄用指甲扳開蓋子。

一陣破門聲響起，數十名警衛隨即撲過來把憶茹用力架住。在剛才無法發動汽車時，博嘉早就暗地用手機叫人過來支援。

「放手……你們放手！」

十幾名大漢不顧對手只是普通的女子，像面對恐怖份子般戒慎恐懼地硬抓著。

尖嘴鉗與海鹽都被警衛奪下，她被男子強押在牆上。

「趴著！不准動！這些是什麼東西？」

「你問我那什麼東西？」

被壓得額頭滲血的憶茹輕笑著。

「那罐鹽裡面裝了炸彈引信，再不放開你的手就要炸成碎肉了。」

不知真正狀況的警衛，嚇得把玻璃罐裝的海鹽丟到地板上。

然後，他中計了。

無數鹽粒從碎裂的罐中掉到地上，而鹽粒散落的那塊地面開始像噴泉般湧出大量的水，一瞬間就出現淹到成人胸部高度的大水。即便瀑布般壯烈的水聲突然爆開，在場所有人還沒意識到危機就被淹進大水之中，包括沒良心的富商。

數千立方公尺的海水從地下停車場湧馬路上，外面的路人根本來不及逃跑就被無情的大水吞噬。加上這裡是名流喜歡拜訪的精華地段，無數剛購物完走出來的名媛紳士們全被捲進洪水之中，有的人還死抱著花上萬買來的精品，在大水中狼狽地翻滾。

唯一倖免的就只有憶茹。

她預想到海鹽會有整罐被打破的狀況，所以已經事先在身上裝好在德吉洛魔法商店順便買來的游泳圈與蛙鏡。那間店從一般生活用品到魔法道具都有賣，回想起來還真神奇。

她憋著氣游出地下停車場，趙博嘉不會游泳這件事她也查清楚了，那些驚慌掙扎的酒店警衛們嚇得逃命都來不及，如今也沒有有餘力再管其他事。

全身是傷的趙博嘉靠在路燈柱旁，不停咳嗽。所有人都因為洪水手忙腳亂，沒人注意到他。

「救我……拜託……」

博嘉因剛才溺水而顯得孱弱的身軀求饒著，但憶茹已下定決心。

「你撞死我哥的時候，你也沒有救他呀。」

她掰開博嘉的嘴，然後把預先裝在別的罐子裡的鹽粒倒進他口中。

趙博嘉痛苦地張大嘴巴打滾，大量的水從他的嘴巴與鼻腔湧出，看起來就像快要爆炸的水球。

不一會，他終於像擠扁的熱水袋般躺在地上動也不動了。憶茹確認他死了以後，她的嘴角不禁上揚。

「哥……我幫你幫仇了。」

她笑出聲來，越笑越大聲。笑著笑著，淚水不知不覺地沿著憶茹的臉頰流下。

法醫鑑定的結果，趙博嘉是在鹽分濃度極高的海水中溺斃的，而且胃腸還因為一口氣灌入大量的水幾乎全撐破。

但科學無法解釋為什麼會有這麼多的海水出現，因此只能對外以「水管破裂釀禍」為由結案。當時在現場的憶茹也被警方帶回訊問，但證據不足，最後依然獲釋。

※

「老闆，謝謝你。」

在事情過去幾星期後，她來到當初買到魔法海鹽的那間魔法商店裡向少女店員道謝。

「妳的魔法商品讓我成功報仇……至少讓我能再相信，世界上是有正義的。」

「是不是正義並不重要，只要客人您感到滿意就好了。而且我也很滿意喔。」

白雨芯用親切的笑容，站起身跟憶茹握手。

「以後有需要，歡迎再到這裡。」

第三章　異世界穿越球鞋

「呵啊……好無聊喔。」

今年上高一的郭立廣揹著書包，一臉無聊地低頭看著小說。還是小說的世界好玩多了，要是自己可以像輕小說的男主角那樣有一天突然穿越到沒看過的異世界，然後有可愛的美少女夥伴、得到能將魔王一擊必殺的絕技、或者會對自己叫著『歐尼醬～我最喜歡你了！』的小學生妹妹出現的話，這樣子的人生有多棒啊！

三次元的世界什麼的他早就膩了，要是有可以讓他一頭進入二次元世界的方法的話，他馬上就拋棄這個無聊的世界然後到更有趣的世界去！

在三次元世界裡面，他只是一個除了體力之外長相普通，成績還因為平時都在看小說而有點差的少年。在這種世界裡面，自己根本就不會有成為後宮男主角的機會，每天下課就只能在自己的座位上等著美少女從天而降。

「唉，可悲的三次元。」

這天放學，他在公車站邊讀著剛買的網遊小說新刊，最近這種穿越到異世界還是穿越到古代的題材真的超熱門，而且每個主角一到異世界好像就主角威能大開，要嘛變成異世界的救世主，不然就是變成那個世界的王，真的超棒的！有夠羨慕。

這時，立廣突然想到自己的書套用完了還沒買，連忙折回去回到商店街上。

「文具店、文具店……啊，今天文具店公休喔？」

看著鐵捲門深鎖的文具店，立廣嘆氣想要走回公車站的時候，這時他突然看到眼前約二十公尺遠的地方，有塊紫底白字，寫著「德吉洛魔法商店」的招牌剛好在昏暗的空中亮起。

「德吉洛魔法商店？該不會老闆也是嚮往異世界的人？」

這間店的名字勾起立廣的好奇心，他決定到裡面看看。

晃了幾分鐘後，立廣發現這裡是普通的日用品專賣店，沒有看起來能施展魔法的商品，只有一般的日常用品，但店內裝潢非常豪華，讓立廣產生一種自己好像貴族的錯覺。

不過他在店裡面找到輕小說專用書套，而且兩包還特價六十元，真的賺到了！就在立廣要去結帳的時候，一名可愛的店員吸引了他的目光。

對方有漂亮得遠超過他見過的美女十倍的臉蛋，一頭像在cosplay的淺藍色長髮，還有墨綠色眼睛，簡直就像從畫裡面走出來，空氣中都能嗅到她的可愛氣息的美少女。

這時店員注意到立廣在盯著自己看，馬上帶著讓立廣緊張到要心臟停止的笑容走來，問：

「請問需要什麼服務嗎？」

「咦……妳是店員？」

「是的，我叫白雨芯，有任何需要都歡迎開口！」可愛的店員指了指自己胸前的名牌，再奉送一個免費的燦爛笑容。

「哦……是喔，」緊張的立廣試著從腦中尋找話題：「為什麼這間店要叫魔法商店呢？」

「因為我們也有販賣為客人實現願望的魔法商品啊！」

這句台詞雖然在漫畫裡很耳熟，但實際聽到有人對自己這麼說的時候，立廣還是愣了一下。

「什麼願望？」

「任何您想得到的願望。像是一般人想得到的增強財運或增強愛情運，這些都輕而易舉喲。」

「那穿越異世界也可以嗎？」立廣開玩笑，如果對方剛好也喜歡小說的話，說不定還可以更可愛的女生進一步認識呢。

「可以啊。」

雨芯毫不猶豫地回答。她的表情非常認真，不像開玩笑。

這個回答頓時衝擊立廣的意識。他著急地繼續追問：「妳是說那個可以跟網遊一樣穿越到異世界的意思嗎？」

「可以啊。可以在這裡稍等我一會嗎？」

店員雨芯轉身離開現場，走進店面最後方的房間。過了兩分鐘，她帶著一雙配色紅藍相間的球鞋回到現場。

「這個是『異世界穿越球鞋』，特價只要兩百元。」

「咦咦咦……」立廣的眼睛發出興奮的閃亮與半信半疑的目光：

「真的只要有這個就可以穿越了嗎？」

「對。只要穿上球鞋，口中唸出自己想要去什麼樣的異世界然後全力衝刺十秒鐘不停下來，你就可以穿越到異世界了。」

「真的假的？」

要是可以這麼簡單就到異世界去的話，這種東西怎麼可能會放在這種日用品店裡面賣？會不會是騙人的啊？可是能被這麼可愛的店員騙，其實也滿值得的。

——不對不對……不想這個了，只要兩百元，只要兩百元他就可以穿越到異世界去了！反正就算失敗了，也可以得到一雙超便宜的球鞋嘛！

想到這裡，他決定用自己存下來的午餐費賭一把。反正只有兩百元而已，午餐再忍耐幾頓就有了。

「老闆，這雙球鞋我要了！」

「總共兩百六十元。」雨芯把球鞋放進紙盒遞給他的時候，還熱心地叮嚀：「記得千萬不可以跑到太危險的異世界去，要是球鞋壞掉的話你就回不來了……」

但立廣的心已經被興奮佔滿，忠告左耳進右耳出，提著球鞋就跑出去了。

看著心不在焉地跑掉的客人，雨芯滿心期待地掩著嘴笑了幾聲。

「還有要是不小心跑到充滿失望與惡意的異世界的話，那就糟糕了呢。」

※

「要穿越異世界的話……穿越到什麼樣的世界比較好？」

吃完晚飯，立廣跟家人說他要去跑步之後，馬上來到附近公園。正好公園沒人，一整條散步跑道讓他跑十秒鐘應該ＯＫ。

「好吧……決定了！」立廣已經想好第一個想拜訪的異世界，他穿好球鞋，接著開口許願。

「我想要到有很多可愛的蘿莉讓我擁抱的世界！」

所謂的蘿莉指的是年約十四歲以下的女孩子。要是可以被這麼多可愛的女孩子包圍的話，立廣感覺超幸福的，他一定要拜訪一次這樣子的世界！

深呼吸一口氣，他拔腿往前衝。眼前除了黑暗的道路之外，他身邊沒有出現什麼奇怪的景象。

但好不容易得到能穿越異世界的機會，怎麼可以就這樣浪費掉呢！

就在他跑到快要到第十秒的時候，本來空無一人的跑道上，突然走出一個睡迷糊的流浪漢老伯。煞車不及的立廣，下一秒即將跟老伯對撞——

但這時，立廣眼前突然出現一個發出七色彩光的入口。

本來以為要被撞上的老伯嚇得整個人縮了起來，結果他睜開眼睛一看，那個奇怪的少年居然消失不見了，害他嚇到心臟病發，後來還住院觀察兩天之久。

從立廣的角度來看，在第十秒的瞬間他被吸進一個像是空間裂縫的入口，整個人都飄浮在散發七彩光芒的空間中。立廣嚇得在空中揮舞四肢的時候，突然七彩空間消失了，立廣重重摔到地面上，他隨即察覺到這裡並不是他所熟悉的城市景象。

這裡看起來像是遊樂園，應該說像是遊樂園的空間。街道大樓以及車輛看起來就像為小孩子而設計，不僅外觀全都充滿可愛的風格，尺寸也全都適合孩子，反而是立廣這樣子的高中生身材，怎麼看都擠不進眼前的小車。

然後，他看到這個世界的人類的真實樣貌。不管是小孩、成人或老人，每個人的身高都不超過一百五十公分，而且臉龐不知為何看起來都很年幼。相較之下，身高有一百七十一公分的立廣根本是超高的巨人。

合理地考慮的話，這個世界的人類應該是生理上最多就只能長到這麼高，而且樣子也是如此。雖然看起來的確都是蘿莉還有正太，而且都很友善，但立廣只是抱抱幾個大膽歡迎他的女性後，馬上就膩了。

「什麼嘛，這些都不是真正的蘿莉啊。」

雖然看起來就像小孩子，但實際上他們都是這個世界的成年人。這個世界的居民的反應根本就跟成年人一樣，一點也不可愛。

很快就注意到這點的立廣，立刻開始思考另一個想去的異世界。

「沒有那種全部都是真正的蘿莉的世界的話，那接下來……我想去全部都是美少女的世界！」

他大喊了一聲後，接著開始在馬路上衝刺。他再次衝入七彩光芒空間中，接著又掉在一片泥土地上。

「這裡是……全部都是美少女的世界嗎？」

立廣困惑地看著眼前殘破的景象，雖然自己的眼前有跟城市類似的風景，但這座城市卻像是被核彈轟炸過一遍般荒涼，簡直就像末日世界。

「救我……」

附近的草叢中，傳來少女微弱的求救聲。

仔細一看，草叢裡面竟有一個全身上下的學校制服都破破爛爛的藍髮少女。雖然還不太清楚怎麼回事，但一來到這個異世界就能遇到這麼可愛的美少女讓立廣很開心，他連忙把那名少女扶起來：

「妳還好嗎？振作一點！」

「你是……男生嗎？」

「是啊，怎麼了？」

聽到這回答，對方的眼睛突然起死回生般瞪得大大的。

「咦！這個世界上還有男生存活……！嗚、啊啊……太好了……真的太好了……」

「到底發生什麼事了？」立廣越來越糊塗。

「你在說什麼奇怪的話？」眼前的美少女反而用更糊塗的語調反問：「這個世界上所有的男性都死掉了，你不知道嗎？」

「什麼！？」

「你沒聽過『除了二十歲以下的女性全都會病死的病毒』嗎？」

立廣一時間還沒完全瞭解這句話的意思，眼前的少女又接著說下去：

「一年前整個地球被外星軍隊侵略，而且還施放了讓世界上一切雄性生物跟超過二十歲的雌性生物全部死掉的超級病毒，現在可以找到活得這麼好的男生，已經是比被隕石打死機率還低的事了，你不知道嗎？」

再往四周看看，山坡上的動物屍體竟異常地多。再仔細一看，立廣看到了好幾百具男性半腐爛的屍體倒在路上。

所以說自己現在跳躍過來的這個異世界，真的是「全部都是美少女」的世界，因為在這個異世界，除了美少女以外的一切人類與生物全部都死光了！這是什麼可怕的世界啊！

在震驚之際，立廣看到不遠處的山坡上有一群同樣是高中生年紀的少女，正用喪屍般的步伐朝著自己走過來。她們像抓到救命稻草般展露渴望的笑容，想要把立廣抓住佔為己有。

「別跑嘛！」、「救救我們吧！」雖然少女們很可愛，但是這個世界真的太可怕了！

「哇啊啊！」

立廣只能再拔腿逃跑。這時他想到可以趁這個時候再跳到另一個異世界去，馬上想都不想就喊出：「我要到可以讓我名正言順開全都是正常人類後宮的世界！」

大群想要把立廣佔為己有的美少女開始拔腿朝自己奔來，他使勁全力朝前方一跳，但前方已經是懸崖，他直接朝數十公尺的深淵墜落——

「哇啊啊啊！！」

當立廣要掉到地面之前，那個彩色入口的裂縫再次在他腳底打開，及時救了他一命。

「太可怕了……為什麼都是這種奇奇怪怪的異世界啊？」

飄浮在七彩空間的他喃喃自語。但是接下來他要求的是正常人類後宮的世界，所以再下一個世界應該就沒問題了。好，要是下一個世界可以順利讓自己開成後宮的話，那就不要回原本的世界了——

七彩空間消退，接著他再次摔到地上。

但他的運氣很不好。

「哇啊啊！！好燙燙燙……」

一著地，他馬上就跳起來。地面上竟然是滾燙的柏油瀝青，他整個人像青蛙痛苦地彈跳，眼前一大片黑色地面都在冒煙，腳下的球鞋在這時候也承受不住柏油的超高溫，竟然開始慢慢地溶解起來。

「糟糕、我的球鞋！我的球鞋居然溶掉了……這樣子我不就回不去了嗎！」

剛才說完想待在後宮異世界的他，馬上就後悔了。但說話回來，為什麼這裡會有這麼燙的瀝青？

「齁齁，那裡有人類！」

這時有人靠近了。立廣本來以為那是人，但當對方走近的同時，立廣的呼吸不禁停止。

「齁齁，這隻人類還穿著衣服，是哪個豬養的寵物吧！」

眼前有兩隻身上穿著工人制服、口中還說著流利中文而且還用兩腿站立的豬看著自己。他轉身馬上想逃，但那兩隻大豬竟然直接撲上來，還用手中的鏟子毆打自己。

「放開我、救命啊！誰快來救我！」

兩隻豬聽到眼前的人類竟然會說話都愣得互看一眼，然後開始大笑。

「齁齁，這隻人類會說豬話耶！」、「齁齁，先抓起來再想要賣到馬戲團還是實驗室吧！」

然後，兩隻豬的叫聲吸引來了更多的兩腿站立的豬過來。有穿著家庭主婦圍裙的豬、穿著學生制服在滑手機的豬或是穿著西裝打著領帶的豬，而大部分的豬都抓著手機不停朝自己拍照。

十分鐘後，一隻頭上戴著工程安全帽的豬也走過來確認狀況。

「怎麼回事？」

「齁齁、主任！我們在舖柏油的時候，這裡突然跑出一隻會說豬話的人類……」

豬話？中文明明就是人類的語言啊！

「你們是什麼東西！我是人類，我本來就會說話啊！」

那隻被稱為主任的公豬露出一臉像是看到鬼的表情，然後露出充滿興趣的反應。

「先把牠抓起來！太厲害了……這隻人類竟然會說中文，而且聽得懂我們的話！我們直接把牠賣到馬戲團去！」

「等一下，我說了是人類啊！你們這些怪物是什麼東西……啊啊啊啊啊！」

豬群們毫不留情地用工地鋼筋、鏟子攻擊立廣，還用繩子勒住他的脖子。不一會，一輛上印著一個脖子上綁著項圈男子頭像的綠色貨車駛來，數十隻穿著制服的豬衝來把立廣抓住，還用電擊棒攻擊他，把他全身上下的衣物球鞋全部剝掉後把他關進籠子裡面。

「我的球鞋……把球鞋還給我！」

被毆打到全身瘀青的立廣痛苦哀嚎，他覺得自己好像骨頭被打斷般那麼痛。

聽到眼前人類會說話，這些來自動保所要抓住立廣的豬隻們差點嚇到把立廣放開，但最後還是一擁而上，把他抓上車帶走了。

被抓起來的立廣過了一小時後才理解，這裡是個由豬統治的異世界。

更簡單地說，這個世界的人類跟豬的生態地位調換過來了。

這個世界上有七十多億頭豬構成文明社會，但人類全部都被關在農場裡面豢養，養大以後不是被送進屠宰場宰殺後做成人肉片、人肉香腸，不然就是在馬戲團裡面跳火圈、踩皮球，表演各種雜耍給豬看，還要整天被豬鞭打，或者體重超過一百三十公斤的肥胖人類會被關在動物園裡面，每天供上萬名豬遊客觀賞。

很幸運地，這個世界的人類跟原本世界的豬一樣不會說話，因此會說豬語的立廣被抓起來後，馬上被送到高級寵物店。

寵物店的籠子裡面，竟然也關著許多隻等著出售的裸體人類，而且大部分都是美少年還有美少女！

「齁齁，這種會說豬話的人類我也是第一次見到。」

寵物店老闆是隻穿著襯衫的黑毛豬。他如獲至寶地從保險箱裡面取出一大疊豬頭肖像的美金鈔票，說道：

「這樣的人類賣掉太可惜了，我會把牠留在我們的店裡面跟各種品種的人類交配，然後再把生產下來的會說豬話的小人類用高價賣出！」

「齁齁，賺大錢的時候記得請我到法式餐廳吃點高級的烤全人大餐啊！」

「哈哈哈……在人家可愛的寶貝面前說要吃牠的同類，牠會嚇到啦！」

「烤全人？」像奴隸一樣赤身裸體的立廣嚇到大叫，這個世界的豬竟然會吃人！

「齁齁，不是要吃你，不要怕！」黑毛豬發出滑稽的笑聲：「我們會好好照顧你，讓你每天都過快樂的日子！」

這時，立廣才明白真正的地獄正要開始。

異世界穿越球鞋被寵物店老闆丟掉，他再也沒辦法回到原本的世界，無論他如何掙扎也永遠無法逃離。

在立廣被送進寵物店後，老闆每天都準備了上好的飼料，接著每天強迫他跟數十個人類交配。

對寵物店老闆來說，讓會說話的人類不停跟其他品種的優秀人類配種，能賣出去的寵物價格就可以提得越高。

一開始還算很快樂，但立廣一旦累了不想做的時候，豬老闆馬上就用棍子毆打他，強迫他繼續做下去。

在這裡，立廣的地位就只是最低下的畜牲，一切都只能聽這隻豬飼主的話，沒有半點反抗的權利。

雖然立廣的確實現了開後宮並且合法地跟近百個女人上床的願望，但每天都被迫要交配十小時，立廣非常想吐。

他覺得自己已經失去了重要的人生價值。要是可以的話，他已經一秒也不想繼續待在這種世界，他只想回家，然後繼續過著只要上課考試還有能夠休息的生活。

他的生活流程大致可以歸類如下：每天睡起來吃飼料（雖然味道不難吃）↓交配↓吃飼料↓睡覺↓交配↓吃飼料↓睡覺，除此之外什麼都不能做。

這樣子的生活只過了一個月，立廣已經完成變成一個廢人。

一年後，強烈的厭惡感讓他再也吃不下任何飼料。

男人生下來就只是為了吃飼料還有交配而活的嗎……

躺在寵物店籠子的立廣，看著那些一懷孕就被賣給其他豬客人飼養的少女，他的腦海只剩這個念頭。

如今的生活讓他覺得自己只是一頭什麼希望也看不到的動物。他拒絕吃飼料，如果就這麼餓死的話，說不定還是最好的解脫。

一年又一個月。他再也無力替老闆進行配種工作。

除了噁心以外，立廣已經感受不到任何別的感受。

一年又三個月後，完全放棄思考的他，因為營養不良還有寵物店老闆認為他已經沒有利用價值，於是把他丟到倉庫角落。

有句話說「人在失去了才會懂得珍惜」，立廣現在非常能體會這句話的含意。

他曾經覺得自己每天只有考試、背書還有看小說漫畫的生活很無聊，但無聊到可以讓他不用煩惱別的事情整天幻想，事實上這種生活就是一種幸福。

但現在不管領悟了什麼或做了什麼事都來不及了。

從他決定要用那雙球鞋的力量闖進異世界的那一刻起，自己的命運就註定走向滅亡。

一想到自己一時幼稚的想法竟然毀了自己，立廣的內心就被無盡的懊悔完全淹沒。

但他無能為力，最後只能抱著悔恨，孤獨地餓死在寵物店的籠子裡面。

幾天以後，郭立廣在原本的世界裡也成為失蹤人口，永遠沒有人知道他到底去了哪裡。

第四章　絕對美味米其林三星辣橄欖油

梁偉宸覺得自己今天真的也衰爆了。因為他今天不只在炸魚排的時候不小心燙到手，而且炸好的魚排還不小心從盤子掉到地上，全部不能吃了。

這樣子的衰事不知道為什麼每天都在發生，而且讓他更不爽的事還在後頭。

「你他媽的切這什麼東西啊？連切個豆干都不會切是不是？」

他站在廚房裡面，邊忍耐內心的不滿邊聽比自己早三年進來的師傅亂發脾氣。

「高麗菜也是啦，連把菜切成一樣大小都不會喔？我不是說要切整齊？還有連滷肉都會滷到忘記時間沒撈起來，你智障喔！」

每天偉宸一來就是被這個不知道禮貌為何物，只會仗著自己是老鳥欺負新人的師傅罵，被罵完後一個不爽，他就隨便用菜刀把今天丟給自己負責的食材，隨便亂切成一堆骰子大小的碎塊。

當然，師傅又生氣把自己痛罵一頓。沒差，反正自己怎麼切怎麼滷怎麼炸都不行，再認真也只會被罵，誰會認真去做這種鳥工作？偉宸覺得自己心裡幹到爆。

那天下班離開自助餐店，梁偉宸到便利商店裡面買啤酒，準備藉酒澆愁。

袋子裡面還有微波咖哩飯，那是他今天的晚餐之一。

在偉宸來自助餐店當普通的廚房助手之前，他其實在另一間更高級的義式料理餐廳裡面工作。

那間餐廳的主廚就是偉宸的哥哥梁偉亨。在幾個月前兩人發生嚴重的爭執後，一個不爽，他就辭職離開哥哥的餐廳不幹了。

兩人爭執的理由很簡單，因為偉宸在工作的時候趁休息空檔在廚房裡面抽菸，菸灰不小心掉到煮好的高湯裡面，哥哥一看到這副景象，馬上氣得把他痛罵一頓。

「這鍋高湯等一下就要端上桌給客人了，結果你還在高湯旁邊抽菸是哪招？」

「就一點點菸灰而已，撈起來不就好了？反正客人吃了也不會死啦。」

「你這是什麼態度？那你有想過要是客人發現然後投訴還是把照片PO到ＩＧ上面還是哪裡的話，會對我們的商譽造成什麼影響？一點點的異物就有可以影響整鍋高湯的味道，這點基本的事也不知道啊！」

「對啦！我就是又笨又醜比不上你，什麼都不知道啦！」

那天，兄弟兩人在廚房裡面差點互毆起來，廚房裡的員工用力把兩人拉開，才避免更大的意外發生。

「靠北咧，不就是弄髒一點點湯，撈起來不就好了……」

他用湯匙撈起黏呼呼的咖哩來吃的時候，一想到那時的情景，偉宸就又開始不爽，氣得用湯匙在咖哩飯上亂捅，咖哩噴得滿桌都是。

「高級義式主廚咧……不就比較會做菜加長得有點帥，是有屌到哪邊去啊。」

明明是同樣喜歡料理的兄弟，現在的境遇卻完全不同。

偉宸把吃到剩四分之一的咖哩飯丟到牆角。放垃圾桶的角落牆上，留著各種噴在上面然後乾掉的醬汁污漬，累積一個星期沒倒的微波食品空盒，已經開始發出難聞的氣味。

「我一定要打敗你！」

看著放在書桌前以前兄弟倆合照的照片，偉宸的手指用力戳了照片上哥哥偉亨的臉。

不爽。世界上一堆東西真的看了就不爽，那個自以為是每天都愛嗆自己的哥哥看了更讓他不爽。

一不爽，他就想自己弄更多東西來吃。他走到廚房裡面想翻冰箱，結果看到裡面已經空了以後才想到，自己又忘記要去採買食材了。

「靠北，醬油也用完了！」

他把只剩幾滴的醬油瓶丟到剛吃完的咖哩飯空盒上，抓了鑰匙就出門。

附近的超市今天正好開始整修，因此沒有營業。他又不想再吃便利商店的東西，畢竟每天吃那幾種都已經吃膩了。

晃著晃著，偉宸不知不覺地來到離自家有點遠的商店街。本來想找間店隨便買個滷味來吃的偉宸，這時注意到商店街上有間外觀看起來有些奇妙的店。

那是間掛著紫底白字，用華麗字體寫著「德吉洛魔法商店」招牌的店鋪。

「魔法咧，當我三歲小孩子好騙啊！」

看到店名，偉宸馬上就輕蔑地嘲笑幾聲。他六歲就不信聖誕老人，八歲就知道魔法都是狗屁騙人的玩意，十歲就已經開始會嗆魔術師在騙人了。

所以這種充滿騙人味的店，更讓偉宸好奇裡面在賣什麼。

雖然店裡裝潢很華麗，但裡面賣的商品還滿平常的。有進口泡麵、零食、生活用品、清潔用具……偉宸在店裡晃了一圈，都沒看到什麼像魔法的東西。

也對啦，那個魔法就只是店名，自己今天心情太不爽了才會沒想到這點。

「歡迎光臨！」

一道非常年輕的聲音從偉宸的左前方傳來。他抬頭，有個高中生年紀且全身穿著黑圍裙制服的店員打招呼。

眼前的店員有著一頭淺藍色長髮與墨綠色眼睛，是個超級可愛的美少女。那對帶著笑意的瞳孔，就像能看穿自己心裡在想什麼似的。

偉宸點頭，轉身要離開的時候，店員又重新叫住自己。

「您看起來像廚師呢，是來找調味料或食材的嗎？」

「沒有……只是想找點東西吃……」說到一半，他想起醬油已經用完的這件事：

「妳們有賣調味料喔？」

「當然有！從本地生產品到外國進口貨一應俱全，不知道您需要什麼樣的？」

不等他回答，胸前名牌寫著「白雨芯」三個字的店員就逕自拉起他的手，朝著調味料區走去。

「喂、我自己會走啦，放開我……」

嘴上這樣講，偉宸可不像哥哥那樣常常有能跟可愛妹子接觸的機會，所以他還是乖乖讓她拉著走。

到了調味料區，店員這時像是事前準備好一般，從架子上拿出了一瓶裝著紅色液體的瓶子。

「我要買醬油……」

「是的，我們雖然有賣醬油，但是只要有這個，其他種類的調味料就再也不需要了。」

雨芯用非常肯定的聲音回答。

「這項產品名叫『絕對美味米其林三星辣橄欖油』，任何食材只要淋上這種辣橄欖油，就能自然讓食材成為非常美味的料理。」

「妳在騙我喔？」這種好像無名電台賣藥廣告的台詞，偉宸當然不信。

但雨芯已經料到他的反應，這時她端出了一盤試吃用的豆腐，打開瓶蓋接著在豆腐上淋上紅通通的辣油。

「懷疑的話，實際試吃一遍就知道了！」

半信半疑之下，偉宸把那塊豆腐送進口中。

「……！」

一股辣度適中，卻巧妙地刺激他的舌頭與腦部的味覺在口腔裡擴散。

不只如此，明明沒有味道的豆腐這時也發出以前從未嘗過的鮮甜味。甜味不停刺激著偉宸的意識與五臟六腑，美味的快樂甚至壓過剛才的不爽感覺。

這真的是偉宸人生中吃過最好吃的豆腐了。

「還有嗎？」

他還想再吃，但雨芯已經把瓶子收起。

「試吃結束，接下來就要請您購買了！」少女露出營業員笑容：「這麼好的機會，可不會再有第二次囉。」

覺得自己彷彿從夢境中回過神的偉宸，連忙問：「剛才那是什麼？」

「哎呀，客人您睡昏頭了嗎？還是辣橄欖油太美味了？」她笑道：「這種辣橄欖油可以搭配各種食材和無機物食用，同時能發揮出食材本身的味道。一瓶特價三百元，您意下如何？」

剛才豆腐的美味記憶佔據了偉宸每顆腦細胞，明明只吃了一口，他卻還想再吃第二次。

「好啊，我有興趣！」

在他掏出三百元時，雨芯不忘警告：「千萬不可以把瓶子打破，否則會有無法收拾的大事發生，請一定要小心注意！」

「好啦好啦。」心不在焉的偉宸接過辣橄欖油，店員的警告還有自己本來是想買醬油的事，全都拋到腦後了。

回到家，他馬上拿出在路上順便買的豆腐與滷味倒在盤上，同時看了一下買回來的辣橄欖油。

透明的玻璃瓶呈曲線形，裡面裝著八分滿的辣油。除此以外，瓶子裡面裝著幾片草本植物的葉子，以及一顆形狀有點像人類心臟的皺巴巴橄欖。

不知道是不是偉宸的錯覺，那顆橄欖在偉宸沒有直接注視它的時候，好像會輕微跳動。

把辣油淋到豆腐和滷味上後，他顫抖的手抓著湯匙勺起豆腐送進口中。

「啊……！」

方才的鮮甜再次衝擊自己的腦細胞。他再吃了一口淋了辣油的雞爪，一股屬於雞肉卻和豆腐截然不同的美味在口中散開，那是彷彿精燉數天的老母雞湯的可口滋味，好吃到讓他覺得可以活著真的是超美好的事！

但沒有淋辣油的滷味，味道依然平凡無奇，讓他以為吃到滷味界的劣質品。

在美食讓他腦袋爽了幾波後，偉宸開始冷靜下來思考怎麼利用辣油。

「太屌了……這種路邊攤買的東西都能變得這麼好吃，根本是飯店料理等級了嘛。」他看著瓶子，裡面的油竟然一點也沒少，仍維持原本的八分滿。

「拿這個去賣吃的，穩賺的啦！」

決定要試驗能不能用在做生意上後，隔天放假他馬上去找認識的食品原物料批發朋友，批了一些早餐冷凍食品，開始在路上賣簡易料理。

說是料理，也不過就是解凍後淋點辣油拿來賣的東西罷了。

「來喔！便宜的美式早餐一盒只要二十塊，二十塊就可以吃飽了喔！漢堡排都是現做的，絕對不是超商買來冒充的！不信的話吃一遍就知道了！」

不只如此，他還準備試吃樣品。本來一點興趣也沒有的路人在吃了一口現做漢堡排（其實是冷凍漢堡排）後，毫無例外全部露出吃到頂級和牛牛排般的幸福表情。

「老闆我要一盒！」、「給我三盒！算了我要五盒！」

吃了試吃漢堡塊的路人們，紛紛像著了魔般掏出鈔票搶購這些冷凍早餐。不只漢堡排，蔥抓餅、薯餅、銀絲捲、叉燒包還有牛肉湯等菜色也是搶購對象。

難以想像才一小時，七十人份的試賣料理竟已全部銷售一空。買到早餐的客人們的反應都非常滿足，無一例外。

數著鈔票，見識到辣橄欖油威力的偉宸腦中已經開始思考另一個賺錢的方法。

「既然隨便擺個路邊攤都這麼成功……乾脆自己開店不就好了！」

創業通常沒那麼簡單。就連要開早餐店都需要數百萬元的投資金了，開餐廳的難度更是在此之上。

但偉宸在一個月以內就證明自己沒有這種問題。

他把自助餐店的爛工作辭掉，自己租了間店面開餐廳。除了桌椅、電鍋、微波爐以外什麼都沒有，員工就他一個人。

但這也根本沒什麼好怕的。因為不管他端什麼菜色出來，只要淋上一些辣油就會馬上變成五星級飯店等級的美食。

短短一天之內，五十名以上買過路邊攤早餐的客人帶著朋友家人重新上門，再次品嚐美食。三天後靠著這些人的口耳相傳，上百名客人絡繹不絕地光臨。

而且偉宸每天都會更換不同的菜色，不管是對舊客人還是新客人來說，都是個相當大的驚喜。

例如今天的主菜是煎菲力牛排佐柚子醬，五百元（材料：超市快過期的牛絞肉與特價調味料；成本：不到一百元）還有松露燴雞蛋，四百五十元（材料：菜市場買的香菇與自助餐賣剩的煎蛋；成本：三十元左右），甜點則是鮮橙果凍，一盤三百元（材料：批發價六百公克約六十三元的果凍）。

這個價格真的不便宜，但是幾乎每個吃過的客人都非常非常滿足，鈔票當然掏得心甘情願。

辣橄欖油的魔力對任何食物都有效。不管偉宸把食材炒得多焦還是食材本身已經放到腐爛發臭的程度，辣橄欖油隨便灑灑，照樣能端上桌。

對偉宸來說，料理就像在玩遊戲，只要隨便剁一剁再隨便開個火煮到熟，淋上辣油端出去就可以讓客人吃到爽。他從以前就覺得料理這種東西根本不需要什麼技巧，天賦英才的自己只要抓著鍋鏟的手隨便一揮，都能創造出美味佳餚。

再加上這種辣油，很快就可以讓更多人看見自己的才能，接著就只剩跟那個帥了一點的哥哥正面對決了！

一想到那個除了帥一點也沒有特別屌的哥哥趴在自己腳邊痛哭流涕的模樣，偉宸抓著辣油瓶的手就興奮得又忍不住在鍋裡的煎魚上再多灑了近三茶匙的量。

兩個月後，原本的小店搬家來到高檔地段，在號稱美食激戰區的一級商圈開了高級料理店「Nourriture dorée」（店名還是偉宸自己用Google翻譯翻的）。

這幾個月間，偉宸嚐到了過去自己努力了近十年來從來沒有嚐過的成功滋味。開店僅僅一星期後，美食雜誌的記者就慕名上門採訪，還讓他坐在板凳椅上暢談自己的美食理念講了近一個小時。

在新店開張後，他繼續開發新菜單。不過，用的食材卻有越來越便宜的趨勢。

拿這個星期的菜單上的主菜來說好了。

「麝香草菲力牛排1050元（材料：菜市場買的普通豬絞肉；成本：每公斤一百元左右）

龍蝦醬汁墨魚麵950元（材料：便利商店賣剩的微波義大利麵加小學生的書法墨汁；成本：約八十元）

頂級雞肉沙拉760元（材料：菜市場地上撿來的雞皮與菜葉；成本：零元）

龍蝦海鮮拼盤套餐1920元（材料：超市撿來過期的蝦子與有點腐壞的魚；成本：零元）」

每一種都是用超便宜價格的食材（有時甚至免費），灑上辣油以後就搖身一變成為頂級料理。

偉宸根本不需要花多少心思去煮菜，大家都能照樣吃得超開心，完全沒發現自己吃的東西原來都是超便宜的食物，他連挑食材的功夫都省了。

看到客人吃著他從廚餘桶裡撿來的東西而渾然不知，還自以為在享用五星級料理的樣子，偉宸好幾次都看到躲進廚房裡面偷笑。

做菜賺錢就是這麼簡單啦！

這瓶辣橄欖油一定是上天賜給自己的禮物，為了彌補自己先前被哥哥欺負的不幸，現在上天終於給自己復仇的機會了！

「今天開始，就是我正式地從被你們看不起的渣渣升級成高級廚師的日子了！爽啦！」

在關店休息的時候，他邊計算今天的營業額邊揚起嘴角。

雖然賺的錢已經多到可以付這種黃金店面三個月的店租都還有剩，但他想要的還不只是這樣子。

他的目標不僅是要在眾人的面前把那個假掰主廚哥哥的假面具扯下來，而且還要狠狠地羞辱他一頓。

※

料理店「Nourriture dorée」（經營者本人也搞不清楚那算義式還是法式的）在接下來幾天依然生意興隆，但在某天早上準備拉起鐵門營業的時候，有不速之客上門了。

「我們這邊是衛生署。」

幾名自稱來自衛生署的稽查人員拿出稽查文件，對著還一臉茫然的偉宸說明：

「我們收到民眾檢舉，說這間餐廳提供的料理不新鮮害他們吃完回家拉肚子，因此現在要對你們店內的食材進行稽查檢驗。」

「三小，你們要檢驗？」

面對突然其來的不速之客，偉宸只能暫時請他們站在外面，自己慌張地走進廚房不知所措。

「幹、誰檢舉的啦！」他低聲咒罵，冰箱裡面現在正好放著幾塊製作肉類料理用的生魚肉，拿這些去應付一下應該沒問題吧？

等等——

偉宸想到一個很好的策略。

正當外面的稽查人員準備直接走進廚房裡面的時候，偉宸這時卻端著一盤像生魚片的料理走了出來。

「幾位大哥，你們遠道而來太辛苦了，先吃點東西試試吧！」

他笑吟吟地把灑上辣油的生魚片往桌上一放，接著把筷子塞進稽查員手中。

「等一下，你這是……」

「啊你不是要稽查？那就吃一口就知道了嘛！」

偉宸那副感覺像在裝熟的態度讓稽查員們有點不滿，但他們確實想確認食物狀況，於是把桌上生魚片裝進樣本袋——

「吃一口啦！」

偉宸直接把一片生魚片塞進稽查員口中。正當其他人對眼前的男子的無禮感到憤怒時，吃了生魚片的稽查員卻突然發出像嬰兒般的哭聲。

「這什麼……」

以為他吃到不新鮮的魚肉的同伴們本來想扶他起身，但沒想到他接下來竟然感動得伏在桌邊啜泣，甚至露出不尋常的笑容。

「太美味了……沒想到世上竟然有這麼美味的食物，好吃得就像我的人生就是為了這一口魚肉，才一直活到現在的……」

「你在說什麼？你瘋了嗎？」

其他人也跟著吃了一口生魚片。不到一分鐘，本來應該要調查食品衛生問題的稽查員們全痛哭流涕哭成一片，彷彿他們被聖人淨化靈魂全部升天似的。

一直憋笑的偉宸，看著這一幕差點爆笑出來。

就算被政府盯上，把他們全部打發掉的方法也是這麼簡單。只要餵他們吃點好吃的東西，就算是來找麻煩的黑道也會吃到笑得嘴角流口水躺在地上。

偉宸也是自從這次才發現到另一件事。

辣油灑得越多，食用者就越容易出現這種亢奮、感動、開心的情緒。以前只簡單灑了一點就端一桌，因此偉宸才沒注意到這點。

所以說，只要辣橄欖油多灑一點的話，就可以輕鬆贏過那個假掰哥哥了！

反正自己吃了也沒出現什麼成癮反應，應該不是毒品，放心用也沒關係。

為了羞辱他，偉宸早就想好一個計劃。

他找了一天偉亨店裡客人比較少的日子回去找他。這時他還在廚房裡面確認高湯的味道是否跟平時一樣，老是幹這種白費功夫的事，光是用想像的都覺得麻煩！

「還在每天玩你那鍋高湯啊。」

偉宸故意用挑釁的聲音說。聽到弟弟的聲音，嚇一跳的偉亨連忙抬頭。

「你跑去哪了？這段時間不回家也不聯絡，你到底在想什麼？」

「我想什麼不關你的事啦。你聽過這間餐廳嗎？」他把美食雜誌採訪自己餐廳的剪貼報導扔到桌上：

「這間餐廳是我開的，我現在做菜的技術比你強多了！你開的這間義式餐廳就只差一點點就可以超越過去，講真的我已經沒在怕你了啦！」

「你說這間餐廳是你開的？先不管你怎麼替自己的餐廳打廣告或是聘請廚師，你這種對料理漫不經心又隨便的態度，是很難教育你雇用的下屬吧？」

「我沒雇用廚師，菜都是我自己一個人煮的啦！」偉宸就算知道自己用了魔法道具才得到這麼輝煌的結果，也依然振振有詞：

「每次開口閉口就只會在那邊講一堆大道理，這樣子有比較屌嗎？還整天說什麼要為客人著想怎樣怎樣的，還有要做菜要用心什麼的，你中華一番看太多喔？」

看到弟弟毫無反省的樣子，偉亨也不禁生氣了：「你才在說什麼鬼話！餐飲業就是服務業，服務業為客人著想是很理所當然的事！」

「就像你那天被客人叫出去罵那樣嗎？」偉宸冷笑。

「算了，反正跟你勸再多也沒屁用。直接跟我單挑比一場啦！」

「什麼單挑，我沒有必要陪你打架！」

「不是打架，用料理來跟我單挑啦！」

偉宸說出莫名其妙的要求。

「我已經聯絡美國有名的美食評論家多明尼特．高維登先生兩星期後搭乘專機過來，這幾天就會來當我們對決的評審。現在有好多媒體已經知道這件事，到時候我們兩個人的對決就會在媒體面前大受矚目了！」

多明尼特．高維登是美國多間著名美食雜誌的評論家，同時身兼美國數十個飲食協會成員。他的評論以公正而犀利為特點，而被他推薦的餐廳知名度都水漲船高，成為知名餐廳。

「你……」偉亨對偉宸擅自亂來甚至還驚動知名評論家高維登先生的事感到憤怒：

「你到底還想怎樣？」

「就是對決就對了啦！不是很想糾正我嗎？現在就讓你見識見識，我不是你這種除了長得帥一點就一無是處的傢伙惹得起的！」

這句話真的讓偉亨一股火從腦中升起了。

「那好，既然你都安排好了，那我就參加。」偉亨盡可能壓抑自己的怒氣，答應：

「但是要是你輸了的話，那你就給我好好反省你自己以前的所作所為！」

「誰怕你啊！」

在對決來臨前的兩星期間，偉亨暫停了餐廳營業，把剩下有限的時間拿來開發新的菜單。面對國際級的美食評論家，一個大意就有可能讓自己數十年的努力付諸流水，

規則非常簡單，準備前菜、主菜與甜點總共三道菜，高維登先生品嚐過後會給予評分。但高維登是世界知名的美食評論家，如果不用上全力開發全所未見的菜單，那麼這次的對決還有可能會變成砸掉自己招牌的敗因。

為了開發菜單，他甚至花錢大量購買食材進行試驗。雖然這完全是那個蠢弟弟搞出來的麻煩事，但有句話說「危機就是轉機」，如果可以在這場比賽中拿出好的表現，那麼自己的事業也可能再更上一層樓。

不過，反觀偉宸這邊。

他料理的過程依然輕鬆，廚房裡除了他以外半個員工都沒有，一堆切成塊的食材堆在桌上，只要有客人點菜的時候就丟進鍋裡炒一炒、灑辣橄欖油後就輕鬆送上桌，效率比全自動料理設備還快。

有時用便宜到爆的食物翻倍賣到百倍以上的價格，讓他難免覺得良心不安，但這就是這個社會的本質。

有人拿不知道哪邊撈來的餿水油就可以爽賣全世界，化學調味料粉末隨便倒進熱水裡攪拌一

下就可以變成各種口感和味道的湯，不使用真材實料卻使用甜味劑的飲料、手搖杯滿街都是，但誰也沒有去指責這些黑心業者在欺騙消費者。

大家都對自己手上的飲料不是純天然的事心知肚明，但是只要好喝就好了，照樣繼續買。對，只要吃起來好吃、喝起來好喝就好了，靠魔法還是靠化學的力量都一樣。做生意本來就是這樣，懂得包裝成消費者最喜歡的模樣的人就贏了。廚藝這種東西才不是最重要的事！

所以，現在他在思考要弄什麼東西出來才最能讓哥哥丟臉。可以的話，最好是那種三歲小孩看了都知道很簡單的菜色。

只要大家看到哥哥丟臉的樣子，這樣就夠了。

※

兩星期後的對決終於到來，地點就在兩人的店面附近的飯店大廳之中。

大廳裡已經聚集許多偉宸事前請來採訪的平面媒體記者，同時評論家多明尼特·高維登先生也已經來到現場。

高維登先生撫摸著自己的鬍子，反應顯然不知道這純粹只是兄弟兩人的決鬥，非常期待地看著。

偉亨與偉宸兩人各站在評審席左右兩邊的料理台前，場景令人聯想到以前的日本綜藝節目

「料理東西軍」。

偉宸今天第一次穿白廚師服，他的眼神完全沒把哥哥放在眼裡。

「歡迎各位今天來參觀這場料理界的世紀對決！哎呀，沒想到竟然能看到世界知名的美食評論家多明尼特．高維登來到現場，看來今天將會是雙方拼死拼活搶奪勝利的決死戰呢！」

主持人聲調亢奮地對著現場觀眾大聲喊道。

「那麼跟現場各位說明規則！限時一小時，雙方參賽者必須烹飪前菜、主菜與甜點讓高維登老師評審，最後老師將會公佈評審結果讓大家知道，請兩位都好好加油吧！那麼，比賽開始！」

哨音響起，兩人開始在料理台前認真準備菜色。偉亨認真地切菜、調配醬料、確認湯鍋裡面食材的狀況；但反觀偉宸，他剛才就慢條斯理地切著砧板上的洋蔥與胡蘿蔔，態度完全看不出他有多認真。

當然，高維登先生也把兩人製作料理的動作看在眼裡。偉宸那種95％跟外行沒兩樣的動作，在他心目中已經大扣分。

一小時的料理時間過去了。

偉亨汗如雨下，一個人忙東忙西全心全意製作眼前的料理。

偉宸則把湯像倒開水般輕鬆倒進盤裡，用衛生紙擦一擦然後灑上辣橄欖油，完成。

「哇、兩邊的料理看起來都……」主持人的視線看到偉宸的料理時，他不禁把「美味」這個詞吞回去：

「那個……那是什麼東西？」

首先偉宸端上的是前菜……看起來像湯的東西。切碎的蔬菜塊倒在剛才準備的高湯裡就裝盤了。而且那高湯看起來還只是用市售雞湯塊和罐頭高湯煮成的玩意，有研究料理的人光看色澤就明白了。

「這是蔬菜湯！」偉宸邊在上面來回灑了五、六次的辣油，回答。

這種隨便到極點的湯不只偉亨看了傻眼，就連高維登也不禁面露不悅，把中文翻譯叫到身邊後便開始質問。

「你以為這裡是什麼地方？小孩子的料理教室嗎？」他用英文問。

「這是我的得意之作，總之先吃一口就知道了！俗話說『人不可貌相』還有『不要以貌取人』，你不吃怎麼知道味道？」

「我不需要吃一顆蛋也明白它已經焦掉不能吃了。」

「總之先喝一口吧！」

面對偉宸煩人的要求，高維登只好隨便勺了一口塞進口中——

「哇噢——！！」

本來只是想敷衍他的高維登突然發出讓全場都嚇一跳的叫聲。

他又再勺了一口湯送進口中，再次發出吃到前所未見的滋味般的驚嘆。第三匙、第四匙，他的手已經停不下來，不停把看似罐頭高湯煮蔬菜的東西喝掉。

本來已經準備好前菜的偉亨也看傻眼了，端著盤子在原地不動。

二十幾秒後，湯已經全部喝完。高維登擦掉臉上流下的感動淚水，用飢渴的眼神繼續望向偉宸。

當然，他已經笑著把主菜端上來。但是蓋子一掀開，全場又發出一陣驚呼。

因為那根本不是食物。

那是放上幾十片起司，在烤箱裡烤到焦掉，上面還淋上五、六層紅通通辣油的焗烤NIKI球鞋。

「你瘋了是不是？」偉亨扯開喉嚨直接破口大罵：「把那種充滿戴奧辛的東西放在餐盤上……你在侮辱高維登先生，也在侮辱料理，你現在就給我滾……」

偉宸當然沒瘋。

他明白辣油的效果對一切無機物都有效。換言之，他很確信這種明顯不是食物的東西，只要灑了辣油都照樣能變成五星級美食。

沒想到高維登不但不生氣，他抓起那隻淋上辣橄欖油的NIKI球鞋，先是像品酒般嗅了嗅球鞋裡面的味道，接著開始拿起刀叉把球鞋鞋底像切牛排那樣把它切下。

「高維登先生，那個東西不能吃啊！快點放下！」

主持人慌張地想阻止，但高維登已經把用力切下的鞋底送進口中咀嚼。

「這塊鞋底……口感彷彿運動充足的安格斯牛……充滿了嚼勁……」

「那是橡膠當然會有嚼勁啊！！！」主持人用快哭的聲音叫。

「這真是我人生中吃過最美味的球鞋了……」

嚼了十幾下，被辣油魔力迷惑的高維登把NIKI球鞋的鞋底配著起司一起吞下肚並如此評論。

正當他還要再切下一塊來吃的時候，警衛衝來把他架開，同時把那盤焗烤NIKI球鞋端走。

現場的狀況發展真的太超現實，偉亨連自己剛才辛辛苦苦準備了三道全新料理的事都忘了，張大嘴巴卻像口吃一般說不出一句話來。

「讓我來宣布比賽結果！」

滿足地吃掉一塊鞋底然後用舌頭舔盤子的高維登不忘用英文大聲宣佈：

「贏家是這邊製作蔬菜湯的小兄弟！」

知名美食評論家宣布的結果讓在場全員一片譁然。偉宸臉上帶著得意的笑容望向半句話都說不出來的哥哥。

「你輸了啦！」

說完，他對著偉亨用力比了個拇指向下的手勢，用盡全力發出笑聲嘲笑哥哥。

※

高維登先生回到下榻飯店後雖然肚子感到不適，但還是對那道焗烤NIKI球鞋的美味稱讚有加。

把明顯根本不是食物的NIKI球鞋端給國際知名的美食評論家吃的舉動引起社會上非常兩極的

看法。

大部分人認為這是在侮辱評審、丟臉丟到國際上；但也有人認為能夠把根本不是食物的物體料理到連美食評論家都能稱讚，由此可見這個人的廚藝真的非常厲害。

儘管罵聲壓倒性地多過稱讚聲，但這依然不影響偉宸的餐廳生意。好奇有能耐把NIKI球鞋料理得這麼好吃的客人在他的店門外大排長龍，就算大家理性上都知道球鞋是不能吃的，還是會想品嚐他的手藝。

只要可以引發噱頭聚集人氣，就算幹點違反道德的事也沒差，這就是這個社會的真實。所謂的「負面行銷」就是眾人越罵自己越紅，這就是非常成功的案例！

當然偉宸沒蠢到在自己餐廳裡端球鞋，他準備的都是普通的肉類蔬菜，不過看到客人變多以後，他的菜單每道料理當然也漲價。

兩兄弟對決還有球鞋料理的新聞流傳開來後，外面的人也開始跟風。

夜市裡面開始有人賣可以吃的球鞋（其實是球鞋狀蛋糕），或是裝在球鞋裡面的咖哩飯。還有人開了專賣串燒NIKI球鞋的烤鞋店（雖然過了一星期就倒了）。當然，他們根本沒有一個人真的成功過。

把焗烤球鞋拿給人吃這種事當然又被衛生署盯上，但偉宸也沒在怕的。管他警察、黑道、立委、官員，只要請他吃一盤淋了辣橄欖油的生魚片，對方就會流著口水跟狗狗一樣聽話。

多虧這瓶辣橄欖油，現在偉宸靠著美食就拉攏了黑白兩道，想吃他的魔法料理的人就多付錢給自己，這個社會就是這麼簡單。

好像有哪部漫畫還連續劇說過「人類是美食的俘虜」，這句話最適合形容現在來自己餐裡用餐的人了。只要給他們好吃的料理，誰都會乖乖聽自己的話！這簡直就是合法的毒品！不對不對，自己的料理都是合法的！

他本來以為哥哥的餐廳會就此生意一落千丈，但很意外地他的餐廳依然維持著一定的人氣，許多死忠客人依然每天上門。

那場比賽中偉宸獲勝的方式實在是太偏離正道，因此反而讓更多人好奇偉亨的義式料理味道如何。

再加上網路上開始有人爆料他們在吃了「Nourriture dorée」的料理後就腹痛、腹瀉的事，還有同時用餐完的高維登先生返國後突然進行胃部手術的新聞也傳開，風評變差的反而是偉宸這邊。

只是偉宸還是無法理解這點。

「靠腰咧，都用這麼好的調味料加上我這樣的天才的廚藝，這些人的舌頭是潰爛了是不是？」

看到這期的美食雜誌上又有哥哥的採訪，偉宸爆怒問候了他老媽（應該是自己的老媽？）幾句，然後把雜誌用力丟到牆上。

「幹掉你……我他媽的就算拼上全力也要幹掉你的店！」

嘴上這樣講，但他也想不出來還能用什麼方法打敗他。除了叫人把哥哥那間店砸掉以外，好像沒有別的辦法了。

「幹……只剩下找人砸場一條路了嗎？」

真的砸場的話他就犯了恐嚇罪，更糟的狀況就是他跟哥哥從此決裂不相往來，就算偉宸對哥哥再怎麼不爽，他也不可能會犯這種滔天重罪。

就在他獨自一人在廚房裡氣惱之際，一通電話打來了。

來電者顯示「假掰哥哥」。

「你打來要幹嘛啦？」

他沒好氣地接電話，然後聽到偉亨沒什麼情緒起伏的回答：

「我想去你的店裡看看。」

「……幹嘛，想看我商業機密是不是？」

「你還在我店裡的時候，不是每天都在抱怨我讓你大材小用，看不出你是有才華的人嗎？現在我要去看你做得多好了，不是如你所願嗎？」

「隨便你啦！要來就來啊。」

「那好，明天我店裡剛好休息，我就明天過去。」

冷淡地掛掉電話後，偉宸馬上準備對外宣布舉辦優惠活動的消息。偉宸認為只要舉辦料理降價的促銷活動，那麼上門的客人就會比平常更多，至少在氣勢上不會輸給哥哥。

然後這天的食材也使用普通的肉類、蔬菜。那種魔法辣油能對哥哥這種真正的廚師產生多大的效果也不知道，至少還是別亂用比較保險。

果然，降價永遠都是最有效率的手法。在這種不景氣的社會裡，高檔料理突然降到兩、三百塊錢的時候自然會吸引上百人前來。

一方面可以製造自己的店生意依然非常好的景象，一方面也能阻擋那個假掰哥哥早點進來。不過熱潮也只限幾小時。偉宸太小看最近變多的網路負評的影響，知道這間餐廳食物不衛生的民眾越來越多，來的幾乎是澈底被辣油的魔力迷住與想撿便宜的人。

「人怎麼又這麼少了啊……」偉宸惱火地抓著頭髮，完全不懂怎麼會變成這樣。

從小開始，偉宸就覺得自己始終活在哥哥的陰影下。父母口中的自己永遠比不上充滿才能的偉亨，就算他再怎麼努力表現，父母的眼睛都好像裝了自動濾鏡般視若無睹。

他煩了，反正努力跟不努力的結果都一樣，自己何必犯賤繼續低聲下氣裝好寶寶討好他們？反正這世界上的人都是群只懂得看表面功夫的笨蛋與智障，像哥哥那樣的人隨便做一盤菜就能吸引一堆腦殘女尖叫擁上來，自己做什麼都不行，這是什麼標準！

正當偉宸邊氣惱地回想以前的往事邊走進廚房時，他的面前卻出現了另一人的身影。

「你就是用這種調味料來做菜給客人吃的嗎？」

哥哥偉亨拿著那瓶「絕對美味米其林三星辣橄欖油」，一邊確認他放在廚房裡的食材。

偉宸心中湧現一股比踩到大便還不爽的不快感，然後用力把偉亨從桌邊推開。

「我要怎麼煮菜，是輪得到你在那邊教我是不是！」

「這已經不是煮菜方法的問題，這是你一直以來都沒有變的態度問題！」偉亨生氣了：

「做菜除了料理的技術，最重要的是你是怎麼看待你的客人，想要讓他們吃什麼樣的菜！但看看你，用這種品質普通的食材製作的料理卻賣到跟它的價值毫不相符的價格，而且廚房依然沒什麼打掃，這證明你根本沒有在顧慮客人這點用心！」

「閉嘴啦，那場比賽輸給我，所以現在惱羞了是不是？別以為我現在真的完全拼不過你啦！」

偉宸一把搶過辣橄欖油，非常不爽地從後門的樓梯間往樓上走去。

「喂、你給我等一下！」

偉亨追著弟弟一路來到樓頂，從這裡可以俯視整個精華區的街景，視野相當不錯。

抓著瓶子的偉宸繼續用不滿的眼神瞪著哥哥，激動地說：

「我就是要拼過你！你知道我現在的心情嗎？世界上的每個人他媽的都瞧不起我，我也沒有做任何對不起這世界的事！」

「你都讓高維登先生吃球鞋了，還敢說這什麼無恥的話！」

「不然你想怎麼樣？」

偉亨這時激動得直接撲向偉宸，抓住他的領口想壓制他。

「想幹架是不是！放開我……很危險知不知道？」

「那瓶調味料到底是什麼東西？把它給我！」

「誰要給你啊！」

倒在地上的兩人不停互毆，爭奪那瓶辣橄欖油。

「放手！」、「你才給我滾！」

在拉扯中，偉宸的手不小心一滑，讓那瓶辣橄欖油從手中飛了出去。

瓶子清脆的碎裂聲從不遠處傳來。偉宸錯愕地看著那瓶用來賺錢的材料就這樣子在他面前毀壞，一股不甘心的感覺從他心底升起。

「媽的，你都做了什麼……！」

大量怎麼看都不像能容納在一只玻璃瓶中的辣橄欖油溢了出來。裝在瓶中那顆像心臟形狀的橄欖落在地上，在微微顫動幾下以後，再也沒有動靜。

多到幾乎可以裝滿整個浴缸的辣油淹過了整片樓頂地板，接著滲入地磚接縫、排水口、牆面裂縫等各種隙縫之中。

一陣像浪潮般衝擊兩人意識的香氣撲鼻而來，同時強烈的辣油香氣也滲進整棟大樓的每個角落。周圍的路人們也被濃烈的香氣包圍，視線紛紛集中到眼前的十二層大樓上。

偉宸到這時候還不知道事情的嚴重性。

辣橄欖油的效果能讓任何食材、料理展現出頂級的美味，就連NIKI球鞋那樣不是食物的東西也能讓人吃得津津有味。

當然，大樓也是。

「怎麼回事……總覺得……這裡的地板好像很好吃……」

偉宸的腦中已經完全忘記剛才的爭執，他看著被辣橄欖油弄得一片紅的水泥地板，腦中竟然對這片灰色地板產生強烈的食欲。

「我要吃……這邊的地板都是我的！」

「不、是我的！」

偉宸與偉亨都像發狂般開始咬腳下的地板，回憶、面子、喜怒哀樂全部都拋到腦後。

不只頂樓的兄弟倆人開始發狂啃地板，大樓裡的住戶、餐廳裡的客人、外面排隊的人外加不相干的路人也被辣橄欖油充滿魔性的氣息迷惑，像大群喪屍接二連三撲向大樓外牆。

「這扇門看起來好好吃喔！」、「這片落地窗是我要吃的！」、「別搶我的牆壁！」

飢餓的人們抓起門、窗戶、窗簾、家具就直接啃起來。所有人的牙齒都因為啃到硬物脫落、折斷，導致血流滿嘴，但還是著魔般把碎玻璃、木塊、水泥吞吃入腹，滿足地想要用嚴重流血受傷的脆弱牙齦繼續啃更多。

「太好吃了！這裡的地板真的美味到極點了！宇宙第一好吃的！」

滿口鮮血的偉宸把地磚砸碎，接著像吃糖的小孩般吞吃地磚碎塊。就算胃部被刺穿的痛覺讓他痛苦得說不出話來，偉宸還是死命繼續吞吃這美味到讓他腦袋分泌出更多的多巴胺的地磚。

偉亨也顧不得自己身為廚師的尊嚴，不停把牆面敲成碎片然後貪婪地舔食著上面掉下來的水泥屑、油漆屑。

「這種入口即化的口感……怎麼回事，以前吃過的任何食材都不會有這種感覺……」

偉亨帶著吸了大麻般的恍惚表情認真評論水泥的味道，然後繼續啃下去。

這時，偉宸啃到了角落的電纜線。被他用僅存的牙齒啃掉外皮的電纜線漏電，強力的電流瞬間通過他的全身，然後讓他變成全身焦黑的屍體。

大樓因為被上百人不停破壞、啃咬，已經殘破不堪。本來應該阻止這一切的保全還有大樓管理委員會的理事，現在也一起啃著樓梯扶手大塊朵頤。

客人、住戶、路人甚至是到場關心的警察們，現在全部都為了爭著要吃大樓而大打出手。

如果從冷靜的旁觀者角度來看，一群滿嘴鮮血的人為了爭奪不能吃的水泥碎石而互毆，真的是愚蠢到不行的景象。

但如今，它真實上演。

被辣油迷惑的人們要不就不停地吃大樓，要不就為了爭奪大樓的碎塊而打架，要不就因為吃了太多石頭胃袋破裂，痛苦地倒在地上哀嚎。

某人從空中俯看這瘋狂與鮮血交雜的一幕。

擁有淺藍色長髮與墨綠色瞳孔，年紀與高中生相仿，身上還穿著店員圍裙的少女輕飄飄地浮在空中。

這人是德吉洛魔法商店的店長白雨芯。

「啊哈哈哈哈……」

店長發出了快樂的笑聲。

「人類看幾次都超好笑的。」

因為笑得太厲害，她說的話也跟著斷斷續續。

「也不仔細看看自己吃下肚的東西是什麼，為了這種沒有價值的物質爭得你死我活，人類真是膚淺的生物……哈哈哈……」

這場恐怖的混亂一直到消防隊也趕來，用水柱沖散還在打架的群眾才停息。在水柱沖群眾的時候，滲透到大樓隙縫中的辣油也被一塊沖掉，人們也終於逐漸恢復冷靜。

※

爭議不斷的餐廳「Nourriture dorée」倒閉，那棟發生過超自然災害的大樓也從此封死。

這場辣油災害中，有五十幾人因為腸胃穿孔嚴重而死亡（包括知名的梁偉亨主廚），一人遭到電死，十幾人重傷。

沒人知道為什麼人們會突然發瘋去啃大樓，也沒人知道死去的主廚梁偉宸是怎麼做到把NIKI球鞋焗烤得如此美味的秘訣。

然後在那之後，再也沒有人製作球鞋料理或是提起Nourriture dorée的事情。

第五章　超級全能小說訂購單

「雖然如您所說，我們這裡確實是魔法商店，但是恐怕沒有符合客人您的需求的東西。」

年紀看起來像高中生的女性店員，在聽完崇陽的請求後，用略帶遺憾的口吻說。

目前一邊在會計師事務所上班的吳崇陽，下班後也一邊用珍貴的休息時間挑戰寫小說。本來崇陽在大二以前都還不曾動筆寫過什麼故事，雖然看了別人的作品後，腦中也曾經浮現出一些腦洞大開的設定，不過在幾天以後就不知不覺地忘了。

一直到他聽說系上的學長投稿了銀穗奇幻小說獎，不只得獎，還拿了一筆獎金的事情後，崇陽才開始想著認真挑戰它的事情。

雖然在這段期間始終都有動筆，每天會寫出五、六百字左右，但是在真正參戰以後才發現，完成一篇故事可沒這麼輕鬆。畢竟故事是需要動腦思考的計畫，沒有實際計畫過的他，一下子就碰到障礙。

崇陽也去書店買了寫作教科書參考，但不知道是不是自己根本不是那塊料，連續投了好幾屆的稿子都是落選的命運。而這樣子的過程已經持續好幾年。

不是文學相關科系畢業的自己，一下子就要寫出能得獎的作品，機會自然是微乎其微。

這點崇陽雖然很明白，但是他就是沒辦法放棄。

而且這個時代的景氣變得越來越差，不收新人稿件的出版社越來越多，寫作這條路越來越像走在腐朽的獨木橋上，每一步都有可能摔下去，然後再也回不來。

這時，他在網路討論版上看到了傳聞。

那是一篇關於能夠實現各種願望的神奇「魔法商店」的文章。作者是一名自稱見過朋友曾在這間店買到在外面不曾見過的奇妙商品，結果意外地召喚出大量洪水的人。

下面還有有附上地址，但不知道為什麼下面有不少人留言說根本就沒有見到什麼魔法商店。有些人有見過，有些人卻沒有，簡直就像某種都市傳說。

平時崇陽是不相信這種跟電視上推銷開運能量手環廣告的東西。但看到這篇文章時，他決定當作碰碰運氣，照著地址也來到這個陌生的區域。

如果真的可以在那間店裡面找到幫助自己更加進步的東西的話就好了。

來到現場，本來不期待會有什麼發現的崇陽，竟然真的在路上看到了那間魔法商店，「德吉洛魔法商店」七個字甚至用紫底白字大大方方地寫在招牌上。

進到店裡，崇陽馬上就見到裡面一名可愛的高中女生店員。在她聽完崇陽不長不短的奮鬥史還有請求後，她這麼回答。

「沒有喔……」崇陽有點失望：「那就算了吧……」

「但是我這裡有最近才剛從魔法書店拿到的試用品，若是不介意的話，要不要拿一些回去呢？」

店員暫時轉身離開現場，回到後方的辦公室裡面。過了三分鐘，她的手中抓著一疊B5大小的紙張回來。

「這是什麼？」

「這個是『超級全能小說訂購單』。」店員親切地解說：「只要在欄位中填寫你想要製作的故事類型、書名並投進郵筒，相對應的作品就會送到客人的所在地。」

「啊？怎麼送？」崇陽決定先不吐槽那個像住宅改造王的商品名稱，問道。

「只要把訂購單投進郵筒的瞬間，書商就會把訂購的商品送過去。既然客人您知道我們是魔法商店，那麼有魔法書店也不是什麼奇怪的事囉。反正是試用品，免費送給客人您也沒關係。」

說完，店員就笑吟吟地把訂購單遞到崇陽手中。

※

拿著試用品的三十張訂購單，崇陽半信半疑地回到家檢查內容。B5大小的紙張在最上方用正黑體寫著標題「小說訂購單」幾個字，下面有「想製作的故事類型」、「收件人姓名」、「訂購冊數」等欄位。

……看完以後還是不太明白。

上面又沒有印寄送地址，而且要求的就只有故事類型而已，對方要怎麼收件還有找到需要的作品？更何況一般來說訂購作品是填寫書名，而不是「想製作的故事類型」吧？

更何況「製作」這個詞，聽起來好像讀者提出要求，出版社才開始印刷的感覺。

到底會發生什麼事，就只能試驗一次才知道。反正是免費贈送的，自己也不會有損失嘛。

拿起書桌邊的筆，崇陽思考了幾分鐘後在欄位寫下「最近流行的異世界系輕小說」，摺好以後來到附近郵筒投下去。

只要這樣子就好了嗎？崇陽不禁托著頭沉思。而且上面沒有填寫收件地址的欄位，那樣的話對方要怎麼送過來？

在崇陽繼續思考的同時，重物落地的聲音從他的面前傳來。

那是用牛皮紙包裝的小包裹。上面用黑色麥克筆寫著「吳崇陽先生　收」。

崇陽看到上面寫的名字時嚇得在地上滾了好幾圈。花了幾分鐘冷靜下來後，才伸手去碰包裹。

確定四周沒有可疑人士後，崇陽把包裹塞進懷裡，慌慌張張地回到了家裡。

裡面裝著一本厚達三百五十頁的黑皮精裝書。等等、他訂的不是輕小說嗎？這怎麼看都不像輕小說啊！

打開翻了幾頁，第一頁開始的故事發展卻把崇陽的疑惑一掃而空。雖然是異世界系的故事，但是沒想到開頭竟然是整顆地球都被轉移到異世界宇宙去，地球人跟另一個異世界的人類要交流還得透過太空船！

這種發展實在是太出乎意料之外，崇陽忍不住連續讀了三個小時，直到肚子發出咕嚕聲時才停下來。

從地球人跟異世界人接觸、進行初次交化交流到世界大戰一觸即發的章節，從八十三個登場人物的設定、全二十八章故事的行進節奏、文筆細膩度、到伏筆舖陳都寫得非常用心而恰到好處，為了傳達情感的用字遣詞也相當優雅又不拖泥帶水，用心到已經有點脫離輕小說的層級。上Google搜尋書名或故事情節，得到的結果卻都是一堆乍看相似實則不同的小說。這部作品沒有在任何地方發表過，當然也不是任何已上市的作品。

簡直就像是僅此一本。

崇陽翻到後面想看作者及出版資訊，但後面也什麼都沒寫，最後一頁的最後一行寫著「待續」兩個字，這好像還只是第一集而已。

「怎麼辦……我現在感覺超想再看第二集的！」崇陽按著額頭喃喃自語：「對了，再用訂購單訂第二集過來就好了嘛！」

填好訂第二集的資料後，崇陽馬上投進郵筒。大約過了六分鐘後，在崇陽走路回家的途中包裹又直接掉在他的面前。

第二集的內容精彩度也不輸第一集。在他又繼續看了三個小時後，仍然感到期待不已。

再把裡面的人物名、故事拿上網搜尋，還是沒有找到關於這個整顆地球轉移到異世界宇宙的故事。

崇陽在感到納悶的同時，他的腦中閃過一個有點大膽的想法。

雖然目前還不知道這部作品是從哪來，又是怎麼憑空送過來的；但如果目前都沒有人知道這部故事的話，那麼把它拿來投稿也不會有人發現吧？

看到這麼出色的故事，崇陽內心逐漸升起另一種興奮感。

這種感覺在他看到那些常在書店熱銷榜上的作家名字時也常出現。自己不管寫小說寫得再久也沒辦法出道，遑論變得更有名。

工作的疲憊再加上挑戰的挫折，讓崇陽有時光是要敲鍵盤寫東西就感到有股疲倦感從心底湧現。

或許這種時代環境實在對新人作家很嚴苛，所以自己才會始終不得志；但也或許自己是真的不適合寫作，事態才會變成這樣。

反正不管怎麼樣都會以失敗收場，那還不如用這個魔法般的機會放手一搏。

決定要這麼做的崇陽，馬上打開電腦然後把書上的段落打進文字檔裡。除了主角的名字以外其他段落幾乎都沒有改，打完以後就直接找出一間出版社的投稿e-mail投出去。

更叫人驚喜的是，幾天後傳來好消息。

平時審稿總是要花上兩、三個月的出版社，竟然只花了三天就來信通知希望能洽談出版事宜。崇陽在下班收到e-mail的時候還嚇了一大跳。

出版社看到這篇故事的時候也驚為天人，在花了幾天時間簽好合約以後，立刻安排繪師繪製封面。

輕小說新書《全球進入異世界交流時代！》從過稿到上市發售只花了三個月的時間。因為過於嶄新而異想天開的故事內容，在這種書市一片慘澹的時代，竟然還是創下了上市第一週就單冊銷售突破三萬冊的佳績。

這種好成績他就連做夢也沒想到。在拿到不可思議的訂購單前他還是個不知道要奮鬥到什麼時候的無名小卒，但一下子他就變成了小說界的超新星，萬眾矚目的焦點。

本來只有幾十個人按讚的粉絲專頁，在新書上市後一下子就暴增了上千名追蹤的粉絲。平常不管怎麼宣傳都沒用的專頁，在一篇魔法般的故事出現以後就出現超大的轉變，連崇陽自己都驚訝萬分。

在確定網路上沒有批評自己是在抄襲的聲音後，崇陽內心的不安也跟著稍微煙消雲散。他拿出第二集的內容繼續照著打字，打好之後就等著在下一集的截稿日前交出去。

剩下的工作就簡單了。只要填上「上次的異世界輕小說第三集」、「銀穗奇幻小說獎評審一定會喜歡的故事」這類的條件然後把訂購單送出，完成度百分之百的原稿就會送過來。不需要動腦也不需要取材，只要繼續使用這些訂購單的話，寫小說就像玩遊戲一樣簡單。

但因為訂購單只有三十張，如果一整個系列的作品都要靠訂購的小說的話，這些救命符一下子就會用完。因此崇陽的策略是同一個系列的小說在訂購兩集以後，剩下的就自己動筆接寫。

「恭喜老師出道了啊！」

在新書上市後的某次聚餐，崇陽跟大學朋友們一起乾杯慶祝。

「沒想到你還真的出書了耶，厲害喔！接下來什麼時候要辦簽名會？」

「還沒那麼快啦……」崇陽不好意思地笑著：「接下來還有很多要努力的地方，還早呢。」

「很厲害了好不好？一堆人要出書還出不了，能出書不就代表有寫故事的功力嗎？」

「哈哈哈……」崇陽有點尷尬地笑著。

崇陽當然不會告訴他們，這些故事其實並不是他想到的點子。

有時當有人稱讚他是個有才華的作家時，原本以為已經捨棄掉的罪惡感會在心底死灰復燃。粉專上也是。每當他看到有讀者留下像「很好看耶!我雞皮疙瘩起來了！！！加油加油～」或「請再接再厲！！期待拜讀老師新的大作！」這樣稱讚的留言時，崇陽內心某處也不知為何感到恐懼。

因為那不是他親自絞盡腦汁想出來的內容。就算現在沒事，他明白未來有一天一定會露餡。況且訂購單用完後他就束手無策了，之前用小說放手一搏的想法，根本就是沒有瞻前顧後的衝動。

縱使他還是會感受到罪惡感，但他怎麼可能會就這樣子直接收手呢？

他已經一度嚐到成名的甜美滋味，放棄這種事可不是簡簡單單就能辦到的。而且只要能訂購到滿足各種文學獎得獎條件的小說，那麼光是得獎的獎金就已經是超大的一筆收入了，誰會把白花花的鈔票丟進垃圾桶啊？要回頭也來不及了！

「反正我用的只有前面的內容而已，後面都是我自己寫的……沒事的……」他這麼樣自我安慰，接著把放棄寫作的念頭拋到腦後。

但即便崇陽心裡這麼自我催眠，世事總是不從人願。抄襲他人的作品會有一個大問題，那就是自己原本的實力跟抄襲的作品間的差距會很容易被人看出來。

為了節省訂購單，崇陽完全靠自己的時法在接寫第一集後面的故事。但最先察覺這些故事跟一開始投稿的故事筆風完全不一樣的人就是編輯。不管把稿子重寫了多少次，LINE另一頭的回應總是繼續重寫的要求。

『老師，看了你最近的文章，總覺得開始有點虎頭蛇尾，能不能再把它改得更生動一點？這樣子的結局是不能用的』

『老師，像第一集那樣異想天開的設定可以再多寫一點』

『老師，這次的稿子有很多地方的對話過程都沒有那麼有趣了耶』

再傳幾次，得到的總是像這樣子的答案。

開始感受到以前那種迫切的焦急感的崇陽，一回到家就開始花上好幾個小時全力去寫。但越是努力地想要寫好，就越是感到力不從心，每天寫出來的結果都是一堆連自己都覺得不知所云的句子。

「寫不出來……」

崇陽覺得自己腦中一片空白。

按著額頭感到萬分焦慮的崇陽決定再回到那間魔法商店，想要再拿更多的訂購單。但是那間店卻有如憑空消失般，怎麼找也找不到。

本來以為自己記錯了，但是來到原本魔法商店的那條街以後，崇陽發現那間店已經變成掛上「出租中」牌子的空屋。看來商店搬走了。

沒有辦法，他只能繼續訂購同一個系列的小說抄下去，好讓作品維持同樣的品質。

因為他同時用訂購來的小說投稿了好幾個文學獎，來自其他機構的邀稿也必須同時寫下去。為了讓這些地方的稿子也維持同樣的品質，訂購單的使用量也非常頻繁。

出道不過十個月的時間，原本有三十張的訂購單就只剩下兩、三張。

而且這段時間崇陽的文筆還是遠遠不及這些不知道從哪來的神祕小說，一旦用完的話，或許就是作家生涯結束的那一天。

他對這種未來可能發生的狀況感到害怕。但是不照抄又不行，停下來的話等於是自斷生路，他抄襲魔法創造出來的故事這件事就會曝光。

「到底還要怎麼做才行啊……」

這天崇陽坐在電腦前面，邊打字邊抓著頭髮焦慮地想著。最近有別間出版社看上崇陽的高人氣，因此邀稿希望能再寫新系列的本格推理小說，但因為訂購單不夠用了，崇陽不得不把這項邀約推辭掉。

如今察覺崇陽的文筆跟前一集根本不同的編輯越來越多了。

最近寄來的e-mail內容，問的幾乎都是「這次的稿子跟上一集的設定矛盾，老師您有認真寫嗎？」或「老師您的故事是不是曾經參考過別人的作品？」這類的話，顯然大家都隱約感覺到崇陽不是靠自己寫出這篇故事。

要是抄襲的事實曝光的話，自己就得面臨各種官司還有大筆賠償金的問題。屆時大家就會用看笑話的目光望著從高處跌落的自己，那樣的話自己的作家生涯就完了。

「每次訂購都只會送一集的內容過來，難道沒辦法讓它一次送好幾集的份量過來嗎……」

內心煩躁地掰了幾千字後，崇陽又忍不住開始喃喃自語。幸好他沒有訂購「絕對能得諾貝爾文學獎的小說」然後寄出去，不然事情大概會不可收拾。

這時，他的腦袋閃過一個奇妙的靈感。

「對了……如果在製作條件這邊要求『超級精彩而且一生都看不完的輕小說原稿』會怎麼樣？」

如果目前至今的小說都會按照自己所要求的條件產生出來的話，那麼只要再指定數量的話，或許送來的量就足夠自己好幾年使用也不成問題！

雖然這是個有點異想天開的想法，但崇陽已經毫無退路，現在各種可行的方法他都只能嘗試一下了！

在訂購單上寫下剛才想到的標題後，他戰戰兢兢地趁著夜晚來到附近的郵筒前。

因為是一生都看不完的輕小說，所以他猜得到大概會有非常厚的一本書送過來。為此他還準備了一輛手推車要把它運回去。

而且有這麼大一本東西憑空掉到地上，一定會引起超大的騷動。趁著晚上快十二點的時間去投的話，再怎麼樣也不會有人注意太多吧！

把訂購單投進郵筒，崇陽小跑步來到附近偏僻的小巷子附近。

書總是會在自己附近的位置掉下來，所以先跑到比較沒人的地方等待。

他緊張地等待著，這時又有包裹憑空從天而降。

※

清晨六點多，吳崇陽家附近的一條小巷子旁已經停滿警車與圍觀的民眾。

「那是什麼？」、「那是從哪來的啊？」、「有人死了嗎？」

鄰居們議論紛紛，包括警方在內，誰也不知道眼前的物體從哪來，又是從哪邊跑出來的。

有一塊體積跟一輛四十七人座遊覽車體積相當的物體掉在巷子裡面，把本來就很狹窄的巷子出入口整個堵住。同時，物體下方也流出大量的鮮血，染紅整個柏油路面。

事實上，那是一本超巨大的書。

這本巨大的書的每一頁上都用字體大小12的新細明體中文印滿了密密麻麻的文字，光是跟遊覽車面積差不多的第一面，上面就粗估寫了近四十二萬四千字。

一萬紙張疊起來的高度大約是一公尺，而以一輛遊覽車約有3.6公尺的高度推算，這本書總共有三萬六千多頁，再加上每頁正反面都有印刷小說這點來算，一整張紙上就有八十四萬八千字的篇幅，整本小說的全文內容，竟高達三百零五億兩千八百萬字左右！

如果以小說單行本一本九至十萬字的方式出版，那麼可以出版整整三十萬五千兩百八十至三十三萬九千兩百集小說，遠遠超過這世界上任何作家一生所能寫出來的總量！就算一天讀兩集，從一個人出生到一百歲往生為止也頂多只能讀七萬三千集而已！

想要閱讀它的話，還要拿著梯子爬上去趴在上面慢慢看。而且沒有人能搬動這本書，警方想要移動它還得出動大型吊車才行。

究竟是誰用什麼方法把這麼不可思議的書搬來這種地方的，這完全是個謎。

不過吳崇陽不只花上一生也看不完，被這本巨大書本重壓得全身骨頭碎裂、內臟腦袋全部破裂且全身流出大量的鮮血的他也沒有那個命去閱讀了。

抄襲作家吳崇陽的生命，很諷刺地同樣因為小說而劃下句點。

第六章　究極千人靈魂封印壺

「啊你現在都已經被人肉搜出來了，我是要怎麼繼續請你工作？」

藏身住宅公寓某個角落的一間辦公室裡面，一名留著油亮頭髮的中年人看著網路新聞，然後對著低頭不語的高中生罵道。

桌上放著一箱怎麼看成本價都只要五塊錢的原子筆，還有印著「我♥老婆」四個字的包包。上面還印著沒什麼品味的花紋。把這些筆用一百元的價格通通賣出去就是高中生連宜威的工作。

「啊我叫那個老太婆買筆她就不買，還在那邊嘰嘰歪歪一堆，我就不爽踢她一腳嘛……」

「我是有叫你動手喔？」中年人打斷宜威的話：「我是叫你去告訴外面的人我們的筆有多好，沒叫你踢人啦！現在網路上隨便一找就可以找到你的新聞，我不能用你，快走啦！以後你跟我們公司就沒有任何瓜葛了！」

宜威一臉滿腹委屈的表情走出公寓門口。現在他走在路上隨時都要擔心會不會被人認出來，連鄰居阿伯來打招呼的時候他都遮住臉不敢回，就怕會被人認出來。

他覺得自己都快神經衰弱了，自己才是真正的受害者好不好！

事情要從上星期的週末說起。宜威參加了聽說非常賺錢的打工，只要拿著那些成本價只要五塊錢的筆走上街頭，見人就上去說：「先生你好，這是我們學生自己設計的原子筆，一枝只要一百元，買一枝做善事好不好？」，然後盧到對方忍不住掏錢就好。不需要什麼專業知識，這份工作只要臉皮夠厚再加上懂得一點話術就足夠。

宜威當然馬上就加入了。但沒想到這種工作也有業績壓力，要是一天沒有售出一定數量的筆就會被主管釘，有時說不定還拿不到多少錢。為了賺更多錢，宜威一整天都在拼命抓人推銷這些筆。

但大部分人都對像自己這樣子的人抱有戒心。有的一看到自己出現就揮手說「不用，謝謝！」，不然就什麼都不說直接快閃走開。

每次看到一個賺錢的機會不見，宜威就氣到忍不住直接飆三字經從他背後問候他老母與阿嬤。有錢來這裡逛街就沒錢買一枝筆喔？這世界上的小氣鬼怎麼這麼多！

然後那天下午，宜威在車站附近看到一個看起來很有錢的老太太正提著行李走出來，所以他趕快跑上去問：「小姐您好！我們是最近準備要籌學費的學生，能不能耽誤妳幾分鐘，看看我們的……」

那老太太看了他一眼，然後直接拒絕：「我不想買，請你離開。」

「不要這樣，我們也是為了籌學費才這樣出來……」

「那為什麼不去做點正經的工作？在路上推銷這種商品就是詐騙，你家裡的人要是知道你在做這種事會覺得很丟臉的。」

那句「很丟臉」馬上讓他內心地雷大爆發。宜威粗魯地拉住老太太的手，大聲問：「我丟不丟臉是關妳屁事啊，買一枝筆再加一個包包又不會死！」

「放開我、放開我……！」

「就買枝筆而已，妳吵什麼吵啦！」

宜威一怒之下，直接抬起腳朝老太太的身上踹下去。被踹的老太太哀叫一聲，像失去平衡的陀螺那樣倒在地上。路過的乘客們發出驚叫，但被不認識的人這樣子訓話讓他覺得惱羞成怒，宜威氣到又補她幾腳，直到他發現旁邊有人在看著他之後才悻悻然地離開。

本來以為對方不認識自己所以不會有事，結果過沒幾天，自己的臉書居然被人灌爆了。

「欺負一個老人很好玩是不是人渣出來面對！」、「小屁孩不意外」、「你被踢一腳會不會痛？這樣虐待老人家，你還有沒有良心！」

臉書上突然出現的數百篇留言，從上拉到下全都是這樣的內容，害宜威差點嚇死。

上網搜尋，宜威才知道那天的事已經被人用手機錄影下來，然後傳到爆裂公社、彩色大門等臉書社團裡面。而且這個時代的網友肉搜功力真的很厲害，才短短幾天他的本名還有學校就已經被人搜出來然後貼在他不知道的網頁上。

託這群多管閒事的網路鄉民的福，這件事直接鬧上新聞版面，一聽到消息就窮追不捨的記者們也來到學校。老太太的家人也跟著警察一起到學校來約談宜威，甚至準備對宜威提告，搞得現在學校裡面的同學看到他就像看到殺人犯一樣閃得遠遠的。

工作當然也丟了。賣愛心筆的主管這天就是把他叫去然後要他滾蛋離開，這群人發現下面的人出事之後，斷尾求生的速度比蜥蜴還快，叫人嘆為觀止。

現在的宜威真的對世界澈底絕望。

冷靜下來仔細想一下以後，宜威是有點後悔自己那時去踢那個老太太。但有必要因為這點小事就讓他受到這種公開處刑嗎？

這個時代跟以前不一樣，只要有什麼做壞事的內幕被人爆出來丟到網路上，人生可以說直接完蛋了。

一段影片或一段氣頭上打出來的訊息就能毀人一生，這就是這個時代最好的寫照。

人是他踢的，大不了他一個人道歉加賠錢。可是這群網路正義魔人把自己的資料全翻出來公諸於世，害得他的日常生活也跟著大亂，自詡為了正義而動手的這群人，才是比自己還過分的傢伙！

但宜威一個人在這邊抱怨也沒用。現在的他很害怕，因為他曾經在自己家附近看到幾個不認識的兇惡男性出沒，那很有可能是要找他算帳的人。

最近不是有個叫「私刑正義」的名詞嗎？就像電視新聞上看到的家暴父母在新聞報導之後就遭到不明人士施以私刑那樣，今天被施以私刑的人輪到自己了。

覺得自己毫無希望的宜威，在網路上搜尋可以解決的辦法時，意外地找到不可思議的文章。

「……德吉洛魔法商店？」

那是間傳說中會販賣各種能實現願望的道具的商店。謠傳不久前紅極一時的高級料理餐廳「Nourriture dorée」的主廚也使用了這間店的商品才創作出那麼美味的人氣料理。

這種宜威平常看了只會當成是屁的文章，如今在他的眼中卻像救命稻草。算了，反正自己現在也不知道要怎麼辦了，就當作賭一把吧。

做好偽裝之後，溜出家門的宜威照著文章情報來到那一區附近，然後找到那家看起來跟日用品量販店差不多的魔法商店。

「找到了又要怎麼講啊……」

宜威很不會思考怎麼跟人溝通這種事，尤其還是這種自己動手打人的事。

在他煩悶地想著的時候，有個店員主動向他打招呼。

「歡迎光臨，需要介紹店裡的商品或有任何需求的話請儘管開口！」

一看到眼前的店員不禁讓宜威吃了一驚。這名店員的年紀看起來跟自己一樣都是高中生，有一頭淺藍色長髮還有很漂亮的墨綠色眼睛。

她親切的笑容，可愛得讓宜威連自己現在的處境都忘了。

「妳們是魔法商店嘛？那幫我把那些網路鄉民解決掉也有辦法嗎？我被那些人害到現在出門都有問題！他們在騷擾我！」

面對一開口就說出明顯違法的要求的客人，店員依然笑容滿面。

「您認識那些網路鄉民嗎？」

宜威搖頭。這時店員思考一下，然後露出比海溝還深沉的笑容。

「那麼請跟我來。」

在看起來華麗以及很正常的日用品展售空間後方，有一扇門板上寫著紅色的「D」字的金屬門。

跟著店員一起走下地下室，門後是另一個叫人毛骨悚然的空間。

一股老舊的灰塵味迎面而來，店員拿著燭台在全黑的牆壁與櫃子間行進，上面放著許多怎麼看都不像是在量販店會賣的東西。像是表面殘留驚悚血跡的全身穿衣鏡，或是光是盯著就會讓人感受到一股難以呼吸的窒息感的老舊麻繩。

「這什麼……」

宜威伸手想摸櫃子上一本厚約四百頁，看起來相當老舊的黑皮精裝書，但馬上被店員慌張阻止：

「不能碰那個！真危險呢，這是任何人類隨便翻到任何一頁，就會因為那一頁記載的死因在三分鐘內死亡的『死因解答之書』，目前這本書在這一百年來已經殺了一千五百七十三個讀者，剛才您差一點就要命喪此處了！」

「那這個呢？」宜威又伸手想摸放在那本精裝書旁邊的匕首，但這回店員直接抓住他的手阻止：

「這個也很危險呢！這是『即席詛咒匕首』，把匕首從刀鞘裡面抽出來的時候，只要見到刀面反射的光芒就會引起反胃、嘔吐與精神錯亂，注視過久的話還會威脅到人類性命安全的危險商品，還請您不要任意觸碰！」

看在對方是個正妹的份上宜威不嗆回去了，他閉著嘴跟著繼續往前走。

走了一分鐘後，店員終於停下腳步。

「這個是『究極千人靈魂封印壺』。」

年輕的店員對著宜威進行介紹。

那是一只高約有九十公分，曲線看起來像花瓶的老舊陶壺。壺身是充滿歷史韻味的灰黑色，上面附有兩只把手。壺口附近的表面上，有一張猙獰的鬼臉的浮雕。

「這能幹嘛？要我用這個壺打死那些人是不是？」

「這個壺正如其名，可以把使用者所期望的一千個人類靈魂封印在裡面一千年的壺……」

「真的假的？妳是遊戲玩太多腦袋壞掉了是不是？」宜威不假思索問道。

「這個壺的力量是貨真價實的。只要使用者把手放在這鬼臉上面，並說出想要封印的對象，你指定的對象的靈魂就會被封進壺中……」

「妳不是在唬爛吧？要是我買回去沒用的話怎麼辦？」這些他自以為很正常的話又從宜威的嘴巴脫口而出。

「這個壺只要一千元，如果沒用的話，隨時都可以拿收據來退貨。另外封印的對象必須是使用者真正打從內心怨恨的對象，如果只是把手放在上面隨口說出不認識的陌生人或沒有任何怨恨的熟人的話，壺中的封印術式是絕對不會發動的。」

耐心解釋的店員說到這，她看著宜威一臉懷疑的表情再補充一句：

「況且，是客人您自己來找我們的，如果不相信的話您也可以回去，然後自己一個人面對您口中說的連人在哪裡都不知道的網路鄉民。一切都是您的選擇。」

「好啦，信就信嘛！」宜威把錢包裡的鈔票丟給店員：

「那這個壺我拿走了！」

他連收據都沒拿，就抱著壺直接離開地下室。

店員望著宜威遠去的背影，露出了一個期待的微笑。

「封印壺會很適合那個邪惡的客人呢。」

※

「剛才那個人是說……把手放在這個臉上面然後說想封印誰就好了喔？」

宜威仔細地檢查買來的壺，壺口上有蓋子，但怎麼拔都拔不開。

「可惡，居然騙人！這個蓋子怎麼打不開啊！」

在宜威走在回家的巷子裡邊拉邊罵時，不知不覺地有一群不認識的人靠過來並將他團團包圍。

「你就是連宜威是不是？」

被叫到的宜威嚇了一跳，往周圍一看這些人全部都是看起來像流氓的傢伙。他們用不懷好意的眼神看著宜威，八成就是想要來找自己算帳的。

「你為什麼要把人家老太太踹到受傷？」

看起來像帶頭的眼鏡男，用力朝宜威的肩膀推了一把，讓宜威差點重心不穩往後跌坐到地上：

「你年輕人不學好，去搞什麼推銷還打人啊？要是你被人打到重傷的話你會不會痛？人家老太太被你踢到現在都骨折了，你是要怎麼賠人家啊！」

「快道歉啦！」、「跪下來道歉！」、「跟社會大眾賠罪！」、「你這社會敗類！」

一群打著正義旗幟的流氓圍在一個小屁孩的身邊叫著。

宜威第一次被這麼多陌生人圍剿，嚇得直接跪在地上。旁邊還有人在喊「開直播了，要讓大家看看」之類的話，就算知道自己不會死，這還是讓他比要被斬首還更害怕。

說不定自己狼狽的樣子已經透過直播傳到網路上了。

怎麼辦，怎麼會這樣子？不過就是一時不爽踢了幾腳而已，為什麼會變成這種好像全世界都想要置我於死地的狀況？宜威腦袋一片空白，他人生第一次遇到這麼可怕又作嘔的狀況，他有種衝動想要乾脆直接一頭撞死在柏油路上逃避這一切，男兒淚也不禁要從眼眶中流下。怎麼辦？啊啊啊啊啊！

這時他突然想起了手邊還有最終的希望。

究極千人靈魂封印壺。

宜威把手放在那張鬼臉上，接著開始像精神瀕臨崩潰的罪犯般不停喃喃唸著：

「把這些人全部都解決掉……快把這些人裝起來啊！」

「我操，你在講什麼鬼話？」

眼鏡男直接飆髒話，然後抓起他的手臂。

「看我現在直接代替你爸媽教訓你……」

這時，眼鏡男突然發出一聲像是大口吐氣般的聲音，然後口吐白沫倒地不起。

旁人正想去扶他，但同樣也紛紛發出詭異的吐氣聲然後口吐白沫倒地。本來想教訓他的七個人全倒在宜威身邊。

七團科學無法解釋的白影被吸進蓋子自動打開的壺中，消失不見。

「七……人……」

宜威手中抱著的封印壺重新閉上，發出了不像人類，叫人毛骨悚然的聲音。

※

趁沒人發現這七個倒地的陌生人以前，宜威趕快逃回家裡。

剛才發生的事情太離奇了，科學根本無法解釋，宜威縮在房間裡面讓腦袋冷靜下來之後，才終於理解發生什麼事。

剛才那七個想要制裁自己的人的靈魂全被這只壺吸走了。而且現在外面還聽得到救護車的鳴笛聲，現在肯定已經引起不小的騷動吧。

「不關我的事……一切都是他們自己自作自受……誰叫他們要來找我啊……」

他嚇得語無倫次，那顫慄的反應久久沒有消失；大概又過了一小時後，宜威才想起自己身上還有肉搜危機沒有解除。

登入臉書，宜威發現那些來罵自己的留言還在增加中。不管真相如何，自己被當作人人喊打的壞蛋的印象也無法扭轉了。

「該死的網路鄉民……看我現在讓你們閉嘴！」

他把買來的封印壺放在書桌上，接著再次將手掌貼上鬼臉。

「把這些在臉書上說我壞話的鄉民全部封印起來！」他叫道。

壺過了十幾分鐘還是沒反應。正當宜威以為自己是不是搞錯什麼的時候，異象發生了。

壺蓋自動打開，一陣超自然的風從窗戶吹進來，接著二、三十團奇怪的白影像是被吸塵器吸進去的垃圾一般被無形而強力的氣流捲進來，接著被吸進那只封印壺裡面。

接著又陸陸續續又四、五十團白影被吸進壺中，全部消失不見。在白影全被吸進去以後，壺中又發出叫人毛骨悚然的音色。

「一……百……六……十……九……人……」

看來在每次封印結束時，壺都會自動說出目前封印的靈魂總數。一百六十九人，沒想到世界上竟然有這麼多人把自己當成敵人。

「太好了……那睡覺吧……」

確認臉書上留言沒有再增加，宜威才放心把壺收好然後上床睡覺。

然後隔天的新聞版面被更大的騷動佔據了。

昨天準備對宜威執行正義的七個人被人發現意識不清倒在地上，同時全台灣從北到南各處都傳出了有人突然倒下並昏迷不醒的消息。

昏倒的人從國小生到成年人都有，而且大部分人的共同特徵都是明明在電腦前還用得好好的，結果突然發出一聲像打嗝的吐氣聲之後就突然倒下，再也沒有意識反應。

大部分的人都沒有任何先天病史，這當然也不會是傳染病。這樣子的病患在各地醫院持續暴增，而且沒有減少的趨勢。

因為今天早上，宜威不只封印了臉書上的鄉民，今天連在逼踢踢還有哈哈姆特上面發文指責自己的網友的靈魂也一起封印了。

封印的人數一口氣就暴增到三百零二人，而這個數目已經造成全台灣甚至是全亞洲的恐慌。

網路上又有更多的鄉民嗆這些昏倒的鄉民「活該」、「天譴」，也有人試著用科學的角度分析事情的原因。雖然宜威在動手的時候心中也有一點害怕，但那些人跑來找自己麻煩，那是他們活該！

這些鄉民本來就只是一群只會躲在鍵盤後面製造沒營養的噪音的害蟲，世界上少了這些人也不會有人真的覺得可惜，自己只是在為民除害罷了。宜威不停在心裡面這樣催眠自己。

不過問題還沒有完全解決。

被他踢一腳的老太太的家人已經決定向他提告傷害了。這幾天他常常被叫去警局，然後老太太的兒子就在那邊叫了一堆聽都不想聽的話，還揚言要去地檢署進一步提告。

「你看看你做了什麼！你知不知道現在媽媽出門都覺得很丟臉！」

今天回到家，宜威又被生氣的媽媽狠狠訓了一頓，她甚至氣到想直接甩他一巴掌：「以後不准再做那種賣什麼筆的打工了！接下來半年也不要跟我拿錢了，給我反省自己做了什麼事！」

——靠腰啊，我又不是故意的，那個人自己嗆我她就沒錯嗎？宜威在心裡不平地抱怨著。

追根究底害自己變成這樣的人，不就是那個逼自己賣筆還要衝業績，出事了才落井上石的爛公司嗎？他沒逼我的話事情才不會落到這種地步，為什麼出了事就只有我扛？

心中充滿不公平憤慨的宜威回到房間，然後看到那只封印壺。

腦袋冷靜點後，宜威也開始想那些靈魂被吸走躺在醫院裡的人怎麼了。

自己昨天因為害怕還有憤怒，一時衝動就封印了三百多人。要是那三百個人全死了的話，自己就真的變成殺人犯了，真的變成那樣他也不要。他只是想解決事情，沒有要殺人啊！

但那個店員好像也沒說到要怎麼讓那些被封印的靈魂再變回去的方法，怎麼辦？

「把那些人放回去！」

宜威把手放在鬼臉上說。

壺沒有反應。

「我說把那些人放回去啦！」

壺依然沒有反應。宜威拿了鐵鎚用力敲下去，想把壺直接敲碎，但壺身敲起來的觸感簡直就像敲在鋼筋上一樣，壺的表面甚至連一道裂痕也沒有。

無計可施的宜威只好把壺收起來。雖然大部分的人都閉嘴了，但冷靜下來之後宜威也開始思考，要是那些人因為他的緣故死了，他的心裡還是會有罪惡感。

「沒關係……要是那些人不要再來找我的話，那我就不要再用這個壺就好了！」

宜威現在還是不知道該怎麼辦，腦中一片混亂。

「啊……不要想那麼多了！反正又不會有人知道那是我幹的！」

最後，宜威還是只能講這種自我安慰的話。畢竟這種超自然現象就算說出去了大概也不會有人相信，想到最後，宜威還是決定趕快上床睡覺忘掉這一切。

一天後。

連宜威這次又被不認識的人圍堵了。

「啊啊啊！」

這次對方直接把宜威拖到巷子裡，而且不由分說就先被踢了幾腳。

「你對我弟做了什麼啊幹！他到現在都還躺在床上沒有醒來，一定是你對他動手腳！」

這次三、四個人連讓跪在地上的宜威回話的機會都不給，馬上又再朝他身上再多踹了幾腳。

「不要踢了！好痛……不要踢了！」

被踢到肚子的宜威痛得在地上扭來扭去。但那群人還是邊喊著「給他死啦！」、「打死他！」邊繼續打，讓宜威害怕地抱著頭縮在角落。

「你們是誰啊？我又不認識你們！」

「這個人你認不認識？」

一臉兇樣的男子拿著手機讓他看照片，照片裡的人是幾天前帶人要教訓他的眼鏡男。

「我弟就是去找你之後才昏倒的！啊不是你對他做了什麼不然是誰啦！說話啊！」

宜威早就痛到說不出話來，只能躺在地上讓這些人蠻橫地繼續對自己施暴。一直到有路人發現喊叫，那些人才一哄而散。

「你怎麼又被打成這樣子啊？」

一回到家，媽媽看到兒子全身是傷的樣子，馬上擔心地跑來幫他檢查傷勢。

「怎麼會有那種人……媽媽去報警吧！」

「報警有屁用的話，那些人會這麼囂張嗎！」

宜威拖著全身傷痕累累的身體回到房間，整個人幾乎要崩潰。

「爛死了！為什麼這個世界要這樣子對我！去死吧！我是做錯什麼了啊！為什麼不放過我！」

宜威在房間裡面把書包裡的課本亂摔在地上洩憤。衰爆了，好想死，為什麼自己只是踢了那幾腳就被受到這麼重的懲罰？

這時，宜威再次想起自己買來的那只封印壺還可以裝大概七百人進去的事。

宜威馬上發狂似地把壺拿出來，手一貼上壺身的鬼臉馬上就喊：

「把剛才圍毆我的那些人全部都封印起來！」

毫不起眼的壺這時再次打開並捲起異常的風，好幾團白影再次被封印壺吸進去，遠處的巷口傳來一陣慌張的驚叫。

宜威不想管這樣做是不是在殺人了。他只要可以把那些不停來找自己麻煩的人全解決掉就好，反正那些人就是壓迫自己的壞人，本來就不值得同情！

接著他又繼續封印剩下還在網路上說自己壞話的酸民、當初把自己踹人過程拍下來po上網的路人、把自己報導成罪人的記者、在背後講自己壞話的同學、出事之後就切割自己的愛心筆公司主管、揚言要告自己的老太太的兒子全都封印進去了。

沒辦法，我已經走投無路了！我就只能用封印這些人來解決問題了！不是我不好，是這個社會逼得我不得不這麼做！我是受害者！

宜威邊哭邊喊著那些讓他覺得痛苦的人，一直到他已經累了才停下來。

「八……百……三……十……四……人。」

壺中的聲音如此說。

他像跑了一次公路路跑般疲累地大口喘氣。他又殺人了，為什麼這個世界總是要逼他殺人不可！

「不是我……是那些人要一直來逼我，他們不要把那種踹幾腳的事情報出來讓大家知道不就好了！」

最根本的原因，就是自己不該去報名那什麼賣愛心筆的打工，自己今天就不會變成眾矢之的了。

他這幾天還故意不去看任何新聞，反正講壞話的人都不見了，事情一定很快就會平息下來。

三天後，學校請假的宜威去外面買便當回來時，他在公寓電梯門口被人用槍抵住後腦勺。

「你到底做了什麼？」

對方是個約四十歲的男性，聲音中的怨恨聽起來格外清楚。

「你誰、快放開我……」

「快回答我的問題！」

宜威感覺得到他的怒氣隨時都可能爆發出來，就算當場殺掉自己也不奇怪。

「現在外面已經查出來了，出現原因不明的意識不清症狀的患者，全部都是曾經攻擊過你還有跟你踹老太太的事件有關的人！我兒子也是，他昏倒的時候電腦畫面還停在你的臉書上，這一看就知道是你動了什麼手腳！」

「你是來報仇的嗎？」

「我現在叫你解釋，不要在那邊亂扯一堆！」

宜威被弄痛得要哭出來，只好開口求饒：「我說、我說啦！」

家裡沒人，因此這名男子直接來到宜威的房間，聽宜威把整件事全部說完。
「就是這個壺？」
男子戴著鴨舌帽並戴著口罩蒙面，宜威猜他的表情大概是一臉難以置信。
「你在唬爛嗎？」
「真的啦！」宜威幾乎是用哀叫的聲音回答：「就真的是這樣子啊！」
蒙面男把宜威踹倒在地，接著伸手去碰那只壺。
雖然宜威看不到背對自己的男子表情，但宜威感覺得出他正在笑。
「世界上居然有這麼可怕的東西。」
他朝著壺開了一槍。但即使被子彈直擊，壺的表面也只是出現一道淺淺的擦痕。
「把壺打破的話，那些人是不是就會變回來？」
「這個壺我就帶回去，然後再慢慢想辦法破壞——」
「講話態度不要那麼囂張！」蒙面男憤怒地踢了他一腳。
「我哪知道啊！」
話鋒一轉。
「但你這種殺了那麼多人的人渣，我也要讓你受到同樣的痛苦！」
「你不是說那些人只是昏迷嗎！」
「有些已經死了。就像我的兒子。大概是靈魂離開身體太久所以死了。」

在宜威還沒確認他的兒子是誰以前，男子把手貼到壺身鬼臉上。

「連宜威！」

在他叫自己的同時，宜威覺得自己體內有什麼東西被抽出來。

他的身體被一股怪風捲入，接著眼前的房間消失，進入一片無限下墜的黑暗空間。

不一會，他看到光了。空間底層像熔岩般發出橘光，而且還有無數飄浮在空中揮舞四肢掙扎著的男男女女。他自己的身體也同樣輕飄飄地浮在空中。

那上百名男女全部都是被宜威封印起來的人。

有些人看到他，馬上就像動物大聲吼叫：「連宜威——」。聽到把自己封印起來的元兇出現，所有人全朝著自己的方向飛來。

「為什麼要把我關在這裡！」、「你也下來了啊！」、「快放我們出去！」

被宜威封印的人全憤怒地要伸手抓他。怕得口水眼淚流滿面的宜威被數百隻手用力抓住，全身都被抓得傷痕累累，不禁發出比狗還可憐的哀求。

「救我、誰快點救我！」

「我們在這裡受的痛苦，現在就讓你好好體會！」、「你去死吧！」、「可恨的小屁孩！」

就算宜威一時掙脫了，這個黑暗空間裡面根本沒有出口，不論他飛到哪裡上百個敵人還是會像老鷹般朝他撲來，接著毆打他、撕裂他的嘴巴耳朵、用手指刺他的眼球，還有人想挖他內臟……

但因為宜威已經是靈魂，就算受傷了也會復原。無止盡的虐待周而復始，宜威感受到的痛苦比被封印前痛了百倍。

——只要那個蒙面男把壺打破了，自己就可以自由了。被無止盡地虐待的宜威這麼想。

但事情沒那麼簡單。

這個壺之所以被稱為「究極千人靈魂封印壺」，就是因為它會確實把吸進來的靈魂封印在裡面一千年。

不管外界的人如何敲打、亂摔甚至是用步槍射擊，都絕對無法破壞它。

被封印而往生的八百多人的家屬們用盡一切方法，誰也沒辦法把它打開。

當然，罪魁禍首連宜威還有那八百多個敵人，在未來的九百九十九年又十一個月多的時間內將會在這個壺裡面繼續打得死去活來——

第七章　價值觀變換打標機

剛被老闆炒魷魚的孫弘勳忿忿不平地在路上走著。他氣的不是老闆無情無義，而是自己才正要用ＵＳＢ偷偷複製公司機密資料的時候就被發現了。

為了跳槽到薪水更高的公司，弘勳決定先從準備一些可以讓對方高興的伴手禮開始。但沒想到才正要動手就被老闆發現自己在竊取公司機密，勃然大怒的老闆當然當場就把他開除掉。

「可惡，要是再小心一點就好了……回去要再檢討作法。」

他感到有點遺憾地把前公司的文書資料丟進路邊的垃圾桶裡面。

要是沒辦法弄到那些資料的話，他就不用跳槽到另一間公司，這對他為自己安排好的菁英道路會有很大的影響。原本安排好的路竟然要被那些自以為有正義感的廢人阻擋，一想到這弘勳心裡就滿肚子火。

——正義感是能當飯吃嗎！但轉念一想，人與人之間本來就只有互相踐踏的關係，這也只是說明自己的力量還沒強到可以踩過其他人。

弘勳就職的豐潤軟體開發公司是業界數一數二有名的企業。他以國立大學知名科系畢業生身分錄取職位，之後的一年一直都以業務的身分努力工作。

他的計劃是，弄到這間公司內部的機密資料以後，再帶著資料跳槽到更好的公司去。

要竊取公司的機密這件事他已經策劃好幾個月。畢竟被抓到後續會有許多麻煩問題，不慎重點不行。

雖然行動時他已經把電腦裡的監視系統關掉，但他沒料到自己開始複製資料時，老闆竟然會從背後出現然後當場抓包。

幸好老闆身上也有那種無聊的情感，說什麼看在他對公司貢獻良多就不計較了，他才不用打官司。這種偽善者讓他做事方便多了。

總之這件事就當沒發生過，再想想接下來還能去什麼地方求職。弘勳又焦躁地抓頭髮，要把剛寫好的履歷表印出來時，他看到印表機紙匣裡的Ａ４紙用完了。

他決定先去買新的Ａ４紙，然後慢慢想對策。

附近常去的文具店最近因為重新整修沒開，弘勳只能繞到比較遠的賣場去。

這時他注意到路邊有一間從來沒看過的店面。

紫底白字的招牌上寫著「德吉洛魔法商店」七個字。

看到「魔法」兩字就讓弘勳內心有股想去踢館的衝動。身為務實的無神論者，神啦鬼啦魔法啦他一概不信，看到這種光明正大標榜魔法的地方，正好讓弘勳進去發洩內心怨氣，證明自己是優越而高等的那一方。

進去一看，裡面就跟普通的生活用品賣場差不多。文具區裡面甚至還有賣他需要的Ａ４紙，看來那個「魔法」真的就只是個名字而已，弘勳還以為這裡是什麼販賣號稱有魔法的商品詐財的地方。

正當他要去結帳的時候，一道少女的嗓音傳進他的耳中。

「您的心裡正在想……我們只是虛有其名的店，是嗎？」

想法突然被人說中的弘勳嚇得跳起來，轉頭確認說話者。

對方是個有一頭淺藍色長髮與一對墨綠色眼睛的可愛高中女生。從她身上穿的圍裙還有名牌來看，她是這間店的店員。

正當弘勳用冷笑矇混過去想離開時，店員又繼續向他搭話：

「從您臉上的表情來判斷，您應該也是不相信所謂的魔法存在，所以才進來一探究竟的那類型人吧。」

「妳怎麼看出來的？」

「會來店裡面的客人大致上都會有幾種類型，只要接待客人的經驗多了自然就會知道了。」

「那是事實吧？現在是什麼事情都能用科學解釋的時代，哪有魔法這種東西存在！」

少女的臉上露出驚訝與冷笑混合的表情。

「世界上可是還有不少科學還無法解釋的事情呢，就像人類到現在都還沒辦法確切證明外星人的存在與否那樣……」

「外星人跟魔法還是鬼都不一樣，那也算生物的一種，所以是可以解釋的。而且鬼又沒有實體，怎麼想都是騙局！是只有思想陳腐還有腦袋沒有開化的人才會相信的謊言！」弘勳毫不客氣地貶低超自然現象的存在。

「因為是有實體的生物所以可以用科學證明，但鬼與魔法沒有實體就沒辦法證明，這個標準還真是曖昧呢。紫外線、X光、空氣也沒有任何肉眼能見的實體存在，但是在科學上卻已經證明會對人體產生各種影響，那麼對您來說，紫外線與空氣也是不存在的騙局嗎？」

「不好意思……那請問妳現在就能提出證明魔法的證據嗎？」弘勳繼續反問眼前的少女。

「或許看到這樣的東西，您就會改變心意也不一定呢。」

少女店員遞上一只物體。

仔細一看，那是大賣場裡面用來替商品貼價格標籤的打標機。有點舊的黃色外殼還有標籤槽還有像手槍扳機的活動手把，怎麼看都是普通的東西。

「這個是『價值觀變換打標機』。用更白話點的方式來說，就是可以任意改變物品在人們眼中價值的魔法機器。好比說這只紙杯……」

店員又拿出一只普通的紙杯，然後在上面貼上一張標籤。

「在你看來，它值多少錢？」

那紙杯上的花紋、質感都給人相當不錯的感覺，而紙杯上那朵花的勾勒筆觸，感覺像知名藝術家設計的圖案，弘勳的直覺告訴自己這個紙杯絕對是上等貨。

「這個……應該有一萬元吧？」

「事實上這個只是成本價只有一塊錢都不到的便宜貨罷了！」店員發出讓弘勳感到被愚弄的輕笑聲，然後讓他看貼在上面的白色黑字標籤，上面印著「10000」。

「這支打標機能夠輕易變換人類對物品的價值觀，簡單來說就是打上多少錢的標籤，他人就會自然認為它有多少錢的價值！這件商品的價格是一百四十元，要不要親身體驗看看？」

——怎麼可能，這個明明是連外行人看了都知道是高檔貨的杯子啊！弘勳心裡這麼想。但店員小姐把標籤撕掉後，眼前的紙杯的高貴感竟消失無蹤，連自己都懷疑自己是不是中邪了。

況且眼前的店員也不像在開玩笑。詐騙的話，只騙一百四十元也太少了。

「那麼，只要特價十元就好了。」店員好像又聽見他的心聲般，這時竟說出更驚人的話。

「只要十元就可以享受到驚異的效果，這樣子您就沒話說了吧？為了證明所謂的魔法與不可思議的力量是存在的，這次的商品就給您特別折扣，請好好享受吧！」

店員的聲音好像有某種催眠般的魔力，讓弘勳不禁從口袋裡面掏出十元硬幣，然後接下那支打標機。

※

弘勳自己也對自己會買這種東西回來感到不可思議。他邊列印履歷，邊看打標機上面有什麼不同的地方。

他向來對這種詐騙般的推銷敬謝不敏，只有智障才會輕易相信騙子的話。但那個店員身上散發的氣場，卻讓當時的自己下意識地覺得這不是騙局。

反正頂多損失十元，那就試試看吧。

他從剛買的那包A4紙裡抽一張出來，接著調整打標機的價格轉盤。他貼上一張標著「1000」的標籤，然後把白紙放到路上。

他半信半疑地觀察著。雖然在自己眼中它還是普通的紙，但他馬上注意到好幾名主婦在聊天經過時，看到那張紙的反應竟然像看到地上有張一千元紙鈔掉在那一樣驚訝。

除了主婦，還有路過的學生看到也嚇了一跳，還竊竊私語討論著。雖然不知道在討論什麼，但可以肯定的是那不是看到普通白紙的反應。

但光是這樣還不夠，像弘勳這樣子總是喜歡思考與驗證的人，不多做幾次實驗不會放心。

這次他從廚房廚餘桶裡面撿了吃完的香蕉皮，然後打了張「2000」的標籤貼在上面。或許這支打標機真的有什麼能影響人類思考的功能，但它影響的範圍有多大，還有是不是每個人都會被影響到都該試試。

這次弘勳來到當舖。一進當舖，弘勳有些不安地把A4紙與香蕉皮交給對方鑑定。

弘勳仔細觀察禿頭的當舖老闆拿著珠寶鏡仔細看白紙與香蕉皮的樣子，對方是真的很認真地鑑定那些垃圾。看完以後，當舖老闆用認真的眼神看著他。

「這些都是買來不到一個月的新品……這個香蕉皮也還沒有臭掉，所以當兩千五百元。」

「兩千五百元？」

老闆看到弘勳驚訝的表情，還以為他是因為價錢太低而不滿，於是有點勉強地提議：「不然兩千六百啦，我們這邊最多就只能到這樣，不行的話就去別間。」

「喔……沒關係。」他隨口敷衍，事實上他心裡非常地驚訝。當舖老闆的反應就像在討論一件金飾能當到多少那樣自然。

一張紙與一塊香蕉皮，可以當到兩千六百元的價格！如果不是這個人發瘋的話，那麼就可以確定那支打標機的標籤，真的有能影響他人的神祕力量。

連看過各種貴重物品的老闆的思維都能夠影響，弘勳像得到新玩具的孩子般不禁興奮起來。能掌控他人對一件事物的價值觀這件事，這絕對是充滿了革命性的能力！現在自己的手中，竟然就有這麼強大的武器！真的要感謝那間神祕商店！

弘勳把家裡用不到的東西、看過的雜誌、書本等全整理出來，任意地打上一千、兩千到一萬不等的標籤後放到拍賣網站上拍賣，換生活費的同時也進行進一步的試驗。

在拍賣的物品裡面，貼上一千元標籤的雜物會以一千元或比一千元高一點的價格售出。但貼上兩千元的物品如果起標價設定在三千元的話，反而乏人問津。

弘勳得出結論。那就是標籤給人的價值印象非常明確，就算會有些微的誤差存在，那也不會偏離標籤上的數字太多。而且就算買家只能透過網路看到圖片，價值印象的效果也還是不減。

雖然賺到不少收入讓他很快樂，但是看到那些人心甘情願把這些垃圾當成寶帶回家，弘勳心裡就湧現一股像俯視一群智商不足的生物在吃自己的大便般的優越感，愉快至極！

隨便挑幾件垃圾上網拍賣，都能讓人像買到什麼古董珍寶般心甘情願地掏出鈔票，要是一般人拿到這種東西大概一生都只會賣垃圾賺錢，但那是平庸的廢人的想法，自己可不會只是這樣子就滿足。

打標機的轉盤上有八位數，因此最多可以變出價值一億元的寶物。弘勳帶著貼上五十萬元標籤的畫作來到拍賣會場，準備試驗能賣到多少錢。

順道一提，那張畫作是他國小二年級的時候用蠟筆畫的美勞課作業，前陣子大掃除的時候才從儲藏室裡清出來的。

毫不意外，拍賣公司對這幅畫進行鑑價後的結果是五十萬，但弘勳期待的是這張廢紙送上拍賣會場後會得到什麼樣的結果。

拍賣品編製圖錄上介紹他畫的大象圖那頁寫著：「運用原始的素材，一筆一畫描繪出充滿野性美的構圖。在狂放的畫風之中同時帶著保有赤子之心的風格，是您絕對不可錯過的名作。」，看到這段形容害弘勳笑到肚子痛。明明就是國小亂撇的塗鴉，用標籤的力量扭曲價值觀以後竟然會變成曠世名作，真是笑話。

拍賣會開始，拍賣官開始慎重地向台下的賓客們介紹自己的勞作。

「終於輪到今晚最受矚目的拍賣品了……這是由天才新銳藝術家孫弘勳先生所創作，鑑定價至少有五十萬元的超級逸品！」

蓋在畫作上的紅布一掀開，看到大象圖的賓客們全發出驚呼。

競標隨即開始。弘勳看到那幅大象圖競標的價格不停攀升，嘴角也跟著不停上揚。

六十萬、六十五萬、七十萬、八十萬……

最後，一位富豪喊價出了一百萬。現場一片寂靜，拍賣官的槌子重重往桌面一敲，成交。

現場一陣歡呼，弘勳跟那位富豪在現場開心地握手，富豪看著自己的眼神就像看著國寶級大師一樣。

弘勳回家後笑了好久。不只是因為一百萬輕鬆入袋，還有感受到人類的價值觀荒謬這件事。

只要改變一個人看待事物的眼光，那麼原本單純的垃圾也能搖身一變成為注目的焦點。就算那是一坨屎也好，只要得到名人推薦的光環，同樣會有一堆人搶著要。

愚蠢，真的真有愚蠢兩個字可以形容！看著拍賣會場裡抱著自己的畫還有各種藝術品回家的富豪名流，在弘勳眼中就跟圍繞在腐肉邊的蟲子沒兩樣。

這麼看來，那些有錢人也沒有比自己高等，弘勳覺得安心了，見到這些名流跪倒在自己的塗鴉面前感覺非常爽，快樂極了。他快笑死了，這些人真的笨死了，完全不知道自己買的東西只是一堆廢紙還沾沾自喜，天下沒有比這個更爆笑的娛樂了！

不過就算愚蠢也無所謂。流行也好藝術也好，這些都是靠著主觀意識去推動的東西，只要掌握主導人類價值觀的方法，就等於掌握主導世界的方法。

可以掌握主導世界的方法，就表示這個世界就踩在自己腳下。

※

四個月後，弘勳的科技公司還有個人藝廊成立了。

一個月來用販賣打上標籤的垃圾賺來的錢，已經足夠當他的創業基金。他租上市區黃金地段的商辦大樓，同時公司的股票也上市了。

只要在發行的股票上打上一張標籤，要操縱公司的股價也易如反掌，不花幾天時間他的公司馬上就成為市場上的熱門股。

就算被前公司炒魷魚，只要自己當老闆就沒問題了。

成為新公司董事長的弘勳，很順利地招募到優秀的人才。有了資金，接觸最尖端技術與機材的機會也變多了。

他的藝廊也隨時展出自己創作的作品，像是他在便利貼上隨手亂畫的塗鴉或是他拿番茄醬在餐巾紙上亂噴的圖案，看到那些所謂的名畫收藏家掏出大把鈔票買這些垃圾，這些蠢蛋就能讓他笑到翻過去。

但他最期待的，當然就是玩那些高學歷新人了。

「這是你整理的市場調查報告啊……？」

弘勳在自己的辦公室裡面，翻著新人交上來的報告。他的嘴角彎起一抹像是看著小學生暑假作業般的不屑笑容。

眼前的新人是哈佛商學院畢業，一回來就直接進入這間恒康科技工作。

但是這個矮小的年輕人身上看不到一絲自信，反而像是遭到家暴的孩子般縮著身體，站在弘勳的辦公桌前發抖。

「看完之後，我真的只有一句話能說……」

弘勳直接把那份報告丟到新人的臉上。

「有夠複雜的，我看不懂啦！你不是哈佛畢業的嗎？連把結論整理到五十個字以內都不會喔？真是沒用的廢人！」

弘勳還把秘書剛替他泡好的紅茶潑到他身上，全身濕的新人動也不動，像是快要嘔吐出來一般跪倒在地上發抖。

「你以為頂著高學歷的光環做事就可以這麼隨便嗎？難道你要我慢慢教你怎麼寫整理報告的方法嗎？做事做到這麼白痴的地步，真是沒救了！」

弘勳再拿出預先準備好的鋼筆墨水，從他的頭上淋下去。看著他滿腹委屈卻一句話也不敢吭的模樣，真是愉快至極！

新人的脖子上貼了一張印著兩萬五的標籤。

「因為你只是一個人生價值只有兩萬四、兩萬五的廢物，丟在路上還不會有人想撿啊！送進資源回收廠還不會人想要咧！我肯接受你來我的公司是你運氣好，所以今天也給我繼續不停努力，證明你自己的價值比這個數字還要高吧！」

新人開始啜泣起來。那啜泣的樣子簡直就像在引誘弘勳繼續踐踏他似的，他又把桌上花瓶的水倒到新人頭上，然後笑著嗆：

「哭屁啊！只會哭有什麼用，你是嬰兒嗎？要我脫掉你的褲子幫你包尿布嗎？我還真沒看過你像這麼低賤的新人呢，滾出我的辦公室啦！」

新人發出一陣彷彿被壓迫到極點的哀嚎，接著逃命似地往辦公室門口爬出去。

所有進公司的新人，身上都被打上一張標著五位數字的標籤。

標籤貼在物品上能夠影響他人對物品的價值觀，同樣地，要是貼在人身上的話，標籤影響價值觀的效果也會影響到本人。

也就是說，這些新人被貼上標籤以後，全部都變成打從內心認定自己是人生價值只有兩萬五千元的悲觀主義者。

這樣子的人最方便使喚了，只要讓員工認定自己身上半點價值也沒有，他們就會為了證明自己的價值拼死拼活地工作，就算再怎麼不合理的條件也會咬緊牙根接受，再怎麼樣侮辱、使喚也不會反抗，真好用！

弘勳對這個點子非常滿意。他對公司裡面所有雇用的員工都貼上了標籤，從兩萬多到四、五萬不等，所有人都為了證明自己有標籤數字以上的價值，都在座位上連續十幾個小時工作個不停。

如今他擁有一瞬間就能賺到凡人花十年才能賺到的財富的能力，就算有官員來稽查也能用錢擺平。

掌握操控他人價值觀的權力，這種滿足感就是這麼暢快。

至於他要那麼嚴厲地對待新人的理由很簡單。因為他單純想要享受踐踏這些充滿前途的新人，體驗自己真的站立於社會頂點的快感。

※

某天，一名不認識的訪客來找弘動。

那時他在藝廊裡展示自己擦過鼻涕的衛生紙，價格是二十萬元。那名少年一走進來，看了那團裱框起來的骯髒衛生紙後便走近他，問道：「你在那間魔法商店裡面買過東西嗎？」

聽見關鍵字，弘動打量了一下訪客。對方是個年紀不到二十歲的少年，蓬鬆的頭髮看起來很像時下年輕人會留的髮型，眼睛不知道是不是戴了隱形眼鏡，竟然是紅色的。

而且那一副像在跟平輩講話的口氣，馬上就觸動弘動的怒火。

「你是什麼人，這什麼傲慢的態度？」

「做這種把垃圾用天價賣出的生意的人，也不值得用尊敬的態度對話吧。」

少年還是第一個看出這些東西真的是垃圾的人。立刻察覺不對勁的弘動，只好暫時用冷靜的態度反問：

「什麼商店？你想問什麼事？」

「除非是用了魔法商店的商品的人，否則不會在這麼短時間內突然功成名就，也不會得到這種欺騙這麼多人眼睛的能力。那間店在什麼地方？」

「憑什麼我要告訴你這種事？你能找到這邊，不會靠自己的力量再去找嗎？」

「除了來問那間店的事，我同時也是來警告你，不要再繼續使用那間店的東西。」

「警告」這個詞讓弘勳感到惱火。

「那間店的商品通常只會帶來不幸，要是一直使用下去，最後就只會害到你自己。」

「叫別人不要買，結果你自己還要找那間店？你在講什麼莫名其妙又矛盾的鬼話啊！」

弘勳舉起打標機，飛速往少年身上貼了一張「0」的標籤。只要貼上0元標籤，任何人都會變成極度自我厭惡的廢人。

但少年並沒有出現特別的反應。他只是靜靜看著身上的標籤，然後把它撕掉。

「為什麼！你怎麼會沒事？」弘勳不禁失去從容反應大叫，這支打標機的效果絕對不會失效的才對啊！

「這間店的魔法商品，不論哪種都對我無效。」少年淡淡回答。

這個人到底怎麼回事，不只魔法對他沒用，而且還一直說些莫名其妙又讓人火的的話，惱人，真是惱人！

弘勳的拳頭直接朝少年的臉上揮去。但少年速度更快，一個轉身閃過拳頭接著扭住他的手臂將他壓制在地。

藝廊的警衛們也聞聲而來，把少年當成施暴者用力架走。這時弘勳爬起來，無法支配眼前少年的憤怒讓他暴走。

「你的腦袋有問題啊！你又以為你是誰……廢渣、低能、畜生、披著人皮的廚餘！快點滾出去！」

少年的臉上沒有太多的憤怒，他的眼中只有對弘勳濃厚的失望。

弘勳目送少年被警衛拖離藝廊，但他無法支配對方的怒火依然無法平息，只能忿忿不平地把身旁的桌子狠狠踢翻。

「花時間告訴你這些話，是我太愚蠢了。」

弘勳會這麼生氣也不是沒有原因。對他來說，可以欺負、否定他人的快感遠比賺錢還要重要，那個不會向他低頭的少年根本就是蟑螂般礙眼的存在。

所謂的地位也是價值觀的一種，得到能自由操縱地位的力量，弘勳覺得非常快樂。

弘勳到現在都還記得，自己在小時候就被父親教育一定要高人一等的觀念。就像狼捕食弱小的綿羊那樣，只有上層的強者才有享受成果的權利。

當然，弘勳在小學一直都很努力讓成績保持在第一名，他相信這就是在學校裡面地位的象徵。但有一次，他考卷上的選擇題不小心錯了一題，因為那題的關係他那次考試的排名掉到了第二名。

爸爸看到成績單以後什麼都沒說，那天爸爸沒有給他晚餐或任何東西吃。

就算他哭著向爸爸道歉，希望爸爸原諒他，給他飯吃，爸爸也直接無視他的存在，就好像他是空氣那樣直接離開家裡。

那天因為沒吃飯，他又餓又難受，甚至還因為腸胃炎的關係吐了。這時候爸爸才帶著他去看醫生。但也僅此而已，在那之後他只有基本吃飽的三餐，想去哪玩、想要什麼玩具、想要聊什麼，這些要求還有他整個人全部都被爸爸繼續無視，直到他重新考回第一名為止。

這時的他深刻體會到，「只有上層的強者才有享受成果的權利」這句話的意義。

只要成為有力量的人，就能夠享受到更多的東西，因此他必須更努力。

不知不覺間，這份努力的執念變成對踩在他人頭上，然後欺負他人這種快感的渴望。這是他從小就親身體會到的真理，地位低下的人註定會被踐踏，只有站立頂點然後踩別人的頭的人，才能得到幸福。

可以在部下犯錯的時候把茶潑到他身上然後大聲罵他，欣賞他哭泣的模樣真的愉快無比。

在命令那些國外留學回來的部下去掃廁所，踐踏他們的時候也爽快極了。

只要在對方身上貼上低價的標籤，就可以輕易操縱對方，這種權力更是爽到爆。

簡單來說，雖然能賺到錢很高興，但這種像王一樣踐踏著那些人的感覺才是最棒的。

這種感覺就像毒品一樣會讓人上癮。把腳用力踩在他人身上得到的快感，對弘勳來說就是至高無上的樂趣。他可以一天不吃飯，但是不能一天不踐踏他人。

而得到這支打標機，得到支配他人的力量，讓他得到了人生中最愜意的生活。

他希望這種生活能夠持續下去。招募更多比自己優秀的菁英人才，然後狠狠地貶低他們的價值，欣賞他們失望哭泣的表情，然後娛樂自己。

不過弘勳的快樂時光並不長。一段時間後，恒康科技內部，開始出現弘勳自己也意想不到的問題。

一個才剛來上班的兩星期的畢業生新人，在當天下班回家後在自己的房間裡面上吊身亡。

另一個來上班後就已經連續十天沒有走出辦公室的新人，在工作一個月後就在自己的座位上吞了大量的安眠藥自盡。

一名業務在下班離開公司後就此失蹤。

過世的員工在最近短短一個月內就多達十人，發生這種足以重創企業形象的事，讓弘勳不禁煩躁起來。

「真是浪費時間……我還要去談合作案啊。」

他厭煩地抓著自己今天早上才梳整好的頭髮，抓到頭皮都流血。打標機雖然可以操縱人對物品的價值判斷，卻沒辦法操縱道德方面的價值觀。

如果事情鬧大的話就無法塞一些錢解決，就算公司股價再怎麼高也只能完蛋。好不容易建立起自己的企業還有有效控制員工生產力的方法，說什麼都不能讓它毀掉！

這時弘勳想到自己還可以再去那間魔法商店一次。只要買到新的魔法商品，那麼問題一定能臨刃而解！

一踏上近半年沒有到訪過的商店街，弘勳馬上就找到那間把打標機賣給他的魔法商店。

店裡面的景色還是一如往常，跟普通的生活用品店沒有兩樣。弘勳在店裡四處走動想要找到當初把打標機賣給他的店員，皮鞋在地板上發出清脆的聲響。

「店員在嗎，聽到的話就回應一下！」

在店裡繞了好幾圈都沒見到那位像高中生的店員，心急的弘勳不禁放聲大叫。

沒有人回應。正當弘勳正在想今天要不要先撤退時，少女的聲音像算準時間般響起。

「我們店裡的打標機好玩嗎？」

雨芯從弘勳的左邊現身，用墨綠色的眼睛望著弘勳，反應像觀察小孩子。

「當然，託妳的福，我的生活現在好得不得了！」弘勳開朗地笑著，走上前想要跟她握手：「妳們店裡的商品效果真的很好用，不過最近遇到一點問題。」

「什麼樣的問題？」雨芯即刻接話，沒有跟他握手。

「就是我們公司最近出現一些要隱瞞的事情啦，如果可以的話，我想要能消去記憶的發明！」

「然後？」

「還有，妳們的標籤有時候是不是會不管用啊？我拿它貼在人的身上，上次竟然沒用！」

「請問是什麼樣的人呢？」雨芯稍稍有興趣。

「一個奇怪的年輕人啦，還一直問我妳們的店在什麼地方。」

雨芯不禁訝異地深吸一口氣，不過馬上想到原因並恢復平靜。

「偶爾會有這種特別的人呢，那只是特例，所以不需要擔心，我會想辦法處理。」

「所以妳們還有賣其他商品嗎？如果是那種可以用在生意談判上直接洗腦對方的就更好了！」

「您還真是貪心呢。」雨芯臉上雖然溫和地笑著，但她的瞳孔深處沒有笑意。

「如今您已經相信魔法的存在了嗎？」

「這種無聊的小事不重要啦。我有個不錯的合作提議，妳要不要聽聽看？」

不打算回答問題的弘勳自顧自地說下去：「我希望妳們可以成為我的旗下子公司，接著妳們店裡的道具全部都交給我？」

雨芯發出聽到很有趣的笑話般的呵呵笑聲。

「不管是洗腦還是其他效果的發明，要是我們一起合作的話，不只可以進軍國際、開創新的市場，妳們店裡得到的收入也能翻倍成長，對妳們來說絕對只有好處！」

有這麼不可思議的發明卻只放在這種窮酸的小店裡，這間店的老闆大概也是沒有有生意頭腦的廢人。

「承蒙好意。」雨芯微笑著道謝。

「但是我對人類的金錢一點也沒興趣。」

這句回答讓弘勳困惑與不滿。

「沒興趣？妳覺得我會欺騙妳們嗎？還是妳根本不知道這是有多棒的條件？那我來說明……」

「完全不需要。」雨芯又再次面帶微笑直接回絕。

「不需要錢的話那妳開店做什麼？」弘勳的語調不禁急促起來：「做善事救濟世界嗎？我還看不出來妳是會做那種偽善事情的人呢！」

「我的店當然不是這麼高尚的地方，只是我想要的東西跟你們這些人類不一樣罷了。」

雨芯本來天真無邪的臉上，突然露出一抹妖異的笑容。

「況且你的公司能夠往上爬，靠的也是我提供的打標機的力量。在得到超越人類的力量以後，就妄想要支配我？哈哈哈……就算是客人，愚昧也要有個限度才行啊！」

「不然妳有什麼條件？」弘勳不死心地追問下去：「妳開得出來，我就付給妳！」

反正付不出來到時再編幾個理由把她打發掉，大不了貼一張標籤讓她自己去死就好了。弘勳心裡這麼盤算。

少女突然發出音量大得整間店都聽得到的笑聲。

「我開得出來就付給我嗎？這是你說的……哈哈哈……你答應的事可千萬不要忘記了……」

店員臉上的表情不禁讓弘勳毛骨悚然。

「那麼，請你當我的玩具吧。」

原本明亮的店面空間突然開始扭曲、變暗，空氣也開始變冷，而且還隱約傳來血的腥臭味。

「怎麼了！妳要幹嘛？」

弘勳嚇得跌坐在地上，地面也不再是大理石地磚，而是潮濕的泥土。弘勳摸到又冷又濕的泥土時，嚇得不停甩手。

黑暗之中的少女店員現在全身竟然發出詭異的淺藍螢光。平時鐵齒的弘動已經腦袋一片空白，只能像小孩不停顫抖。

「『我開得出來，你就付給我』，你剛才可是親口這麼承諾的。」

店員用像來自異次元的聲色複誦。

「妳妳妳……妳要做什麼？快放了我……」

「放了你？我都還沒開始玩呢，難得有人自己跑回來讓我玩，那就先讓我看看……你的價值全部都不見的時候會變成什麼樣吧？要是你到時候還活著的話，那我就照你說的跟你合作，怎麼樣？」

「妳……妳要在我身上貼標籤？」

弘動伸手抓住身邊的公事包想保護放在裡面的打標機，但打標機卻在不知何時，已回到少女手上。

「要把我的店裡的商品全納為己有，可是要付出很高的費用呢。不過你不用付錢，只要稍微娛樂我一下就夠了！」

咔！

一張標籤已貼在弘動的左掌心。上面印著「-200」。

一股極度強大的自我厭惡感湧上弘動心頭。他倒在濕冷的地面上像被虐待的小狗般發抖、抽搐，手指不停抓著自己身上的肌膚。

「在人身上貼上負數標籤會發生什麼事，我還沒試過呢。感謝你提供給我這麼棒的實驗機會！」

少女看著弘勳痛苦掙扎的樣子就像在看跨年煙火般期待。只見他像發瘋般在自己身上抓來抓去，到處都是怵目驚心的血痕。

貼上負數標籤後，那個人只會覺得自己是沒有價值甚至必須消滅的存在。

現在弘勳已經失去理智，變成一頭只會自殘的野獸。他瘋狂地用頭猛力撞地板，撞到骨頭都斷裂；他的身上大半的皮膚都被抓掉，導致全身看起來一片血紅；指甲更因為用力過猛，有好幾片都硬生生地脫落。

這時的弘勳突然停下動作。

因為他把自己手掌上的皮都抓下來的關係，黏在掌心上的標籤也跟著皮膚脫離身體，讓他終於從詛咒中解脫。

恢復理智的他發出痛到骨子裡的慘叫。因為剛才的撞擊太猛烈，他的骨頭真的斷了，導致他整個人像脫離水中的魚一般痛苦地扭來扭去。

少女只是蹲在他身邊滿意地欣賞著。

「為什麼……這樣對我……」

「因為很久沒有看人類自殘了，我想看啊。」她用天真可愛的微笑說。

「妳……啊啊……」弘勳邊哀嚎著邊擠出話語：「妳這……惡魔……」

「就像你說的，我並不是人類。」雨芯爽快地承認了：「不過有的時候你們人類還更殘忍呢，好比說有些人會為了自己爽快，在自己的員工身上貼標籤抹殺掉他們的價值那樣。你不是也很享受嘲笑那些像群蟲子一樣把你不要的東西當成寶物的人類嗎？你很享受踐踏他人的過程吧？簡單地說，你跟我都是同類呢！」

悲慘地掙扎的弘勳發出最後的咆哮。

「去死……看我宰了妳……世上沒有人可以踩在我頭上！」

「請加油，不過你現在動不了了啊。」她笑著，手中的打標機也再印出一張標籤。

「所以你自己也被打上標籤時的害怕反應，就是享受使用打標機得來的權力要付出的代價喔。好好享受在地獄裡自我折磨的滋味吧！」

她把印著「-10000」的標籤貼到弘勳脖子上。這次有如地獄般的作嘔感與厭惡感像海嘯一樣把自己完全吞噬，他從來沒有這麼沮喪還有想死，就算指甲剝落了他還是拚命將手指插進自己的皮肉之中，接著持續用頭撞地板，撞到頭骨都出現裂縫傳來劇痛還是不停止……

弘勳好像回想起自己以前全身價值都被否定的絕望感，流下眼淚。

孫弘勳最後把自己虐待得全身體無完膚，血肉模糊而死。他那張被撕扯得面目全非的臉上似笑非笑的表情，彷彿在笑自己竟然也落得這種下場。

「體驗恨不得馬上把自己消滅掉的感覺不錯吧？」

弘動的屍體跟著週遭黑暗的空間像投影般消失，四周再次恢復原本的店面。

雨芯滿足的笑聲在店裡迴響著。

「人類不管過了幾百年都沒有變，只要給他們力量，就會馬上開始為更多的權力殘害同類，始終都是愚蠢又好玩弄的種族呢！」

第八章　禁止令留言白板

邱佳亭已經不記得這是這個星期以來，因為莫名其妙的事情被客人罵了。他明明是咖啡廳的店長，但卻一直出來向客人道歉。

「我就說了，我的飲料就是不要放冰塊。放冰塊的話這個杯子裡面的飲料體積就會變少，就是我喝到的東西也會變少的意思，為什麼你們的店員還要放這麼多在裡面？」

對方是個看起來二十幾歲的上班族。他點了一杯冰拿鐵去冰微糖，但是因為沖泡咖啡的店員不小心放了一些冰塊進去，他覺得自己的飲料被偷工減料，因此跑到櫃檯大吼著要店長道歉。

「真的非常對不起，我們會加強員工教育……」

「教育什麼，現在才講教育是有個屁用啊！」客人用得理不饒人的跩樣繼續罵下去：「還有微糖的咖啡怎麼會這麼甜？你們會不會泡咖啡啊？我點的是微糖，這杯拿鐵明明就甜得跟半糖一樣好不好！」

被小了自己至少十歲以上的人這樣教訓，佳亭是笑在臉上但幹在心裡。

「對不起……」闖禍的店員站在旁邊道歉。

「插什麼嘴，我是有允許你開口說話是不是？」一聽到店員開口，上班族立刻用傲慢的口氣嗆道。

「沒關係，那麼客人您點的飲料我們會再幫您重做一杯，能不能請您稍等呢？」

「哦，沒有什麼要不要等的問題啊。」

上班族抓起自己的包包，然後故意把那杯冰拿鐵打翻在地上。

「因為我根本就不在乎你們啊，爛咖啡店。」

說完，他直接踹開門走出去。店裡又恢復安靜，只剩店長與店員一臉尷尬地站在原地。

「店長……」

「沒關係。你回去工作，有的時候就是會遇到那種沒教養的人，不要想那麼多。」

佳亨拍拍新人的背安撫他的情緒，他一臉快哭的樣子，看來是還沒習慣這種突發狀況。他能理解，因為他第一次遇到這種事的時候也是慌張得要命，直到後來才明白，很多時候根本是客人的問題。

客人是神，不管在哪一行都會聽到這句話。但是佳亨對這句話的體悟是：有些客人是可惡的瘟神。

確實，做服務業總是不免會遇到消費糾紛或是客訴的麻煩問題，可是其中也有很多根本是來亂的傢伙。除了今天發生的事情以外，還有像是叫店裡的人製作菜單根本沒有提供的蘋果奶茶、因為味道不滿意所以叫店員同一杯飲料重做三次、國小屁孩衝進店裡叫老闆出錢免費請他喝一杯拿鐵等各種莫名其妙的要求。

順道一提在佳亨拒絕那個國小屁孩的要求後，屁孩還臉不紅氣不喘地在店裡大聲反嗆自己小氣。

『這種事常有的啦　我們店裡也常常遇到這種白痴客人』

佳亨跟朋友在LINE上聊天時，朋友這樣安慰。

『搞不懂現在怎麼會有這麼多神經病』

『因為現代人壓力都很大啊　只要有一點點不順心的事　馬上就會拿我們服務業來出氣』

說完，朋友傳了一張累趴的小魔女的貼圖。

『我們又不是是出氣筒』

話雖如此，佳亨也不是不能理解那種壓力大到想找出口的心情。他加盟創業以後，等著他的不是沒有老闆的自由生活，而是收支管理、人事問題、食材控管、店面清潔等等堆得比喜馬拉雅山還高的工作。

每天光是為了這些維持店面營運工作十幾個小時，想休息卻不敢休息，他明白壓力大的時候真的會抓狂。偏偏社會上有群廢物就是喜歡把自己的爽快建立在別人的痛苦上，遇到這種事，佳亨真的會不時有股想抓狂趕人的衝動。

他明白做生意有時要忍的道理，但他不是被沒同理心的客人百般欺凌也打不還手的綿羊。

『祝他們都得報應啦！』

佳亨也只能在LINE上發洩自己的怨氣。這時附近不知道哪戶人家傳來小孩被打的哭聲，讓他更覺得心煩。

『不然去找魔法商店　看他們有沒有辦法啊』

朋友突然丟來看不懂的訊息。

『魔法商店？那是什麼東西』

『就是網路上謠傳有一間出售神奇商品的魔法商店的事啦　找得到那間店的話　可以跟那裡買道具』

說完，朋友又丟了一張高舉藥水燒瓶的開心小魔女貼圖。

朋友很喜歡一些都市傳說，常常會聽到奇怪的消息。但這次的消息相當具體，連商店大約在哪一帶都列出來了。

『連趕奧客的道具也有嗎』

『你可以自己去看看啊』

反正明天店休，那就去看看有什麼有趣的東西吧。

搭公車到了這條自己平時不常來的地區，佳亨在路上到處晃。照理說如果真有這麼一間神奇的店的話，那間店的門前應該早就大排長龍了。

晃了幾圈，佳亨完全沒看到類似的店。正當他準備放棄的時候，前方不遠處卻有一塊紫底白字的招牌吸引了他的目光。

「德吉洛魔法商店」。店名毫不掩藏直接告訴客人們這裡就是魔法商店，但佳亨注意到奇怪的一點，那就是路上的路人就像習慣這間店的存在般幾乎沒有注意它，彷彿那只是間普通便利商店似的。

一踏進店裡，裡面並沒有佳亨想像的那樣有堆滿曬乾的蜥蜴屍體或放著一鍋熬煮中的魔藥的場景，而是普通的日用品量販店。有三三兩兩購物的客人，也有替客人結帳的店員，除了裝潢超級華麗以外，沒有任何特別之處。

「真的是奇怪的謠言啊……」

佳亨咕噥，同時準備轉身離開時，有一名少女竟然無聲無息地出現在他身後。

「您說什麼樣的謠言呢？」

佳亨被突然出現的店員嚇到叫出聲來，但見到對方是個可愛的少女以後，他馬上鎮靜下來。少女染了一頭淺藍色頭髮，眼睛是不尋常的墨綠色。因為看起來只有高中生年紀，他推測對方只是打工的店員。不過店裡也沒有其他店員的樣子，或許她是正職也不一定。

「沒事……只是隨便看看而已。」

「咦，真的嗎？」名牌上寫著「白雨芯」的店員露出調皮的笑容：「可是客人您的表情看起來帶著一點失望，就好像想找的東西沒有找到那樣子。再加上您說到謠言，也就是說您本來在找什麼東西。那樣的話，不妨說說您的需求吧？」

還真是不錯的觀察力，佳亨心想。既然都被說中，他簡單地向雨芯說明來意。

「我明白了。」雨芯一臉深有同感地點頭：「我也同樣可以體會，畢竟每天上門的客人裡總會有一些智力比大腸桿菌還低又不懂禮貌的人，要忍耐著不把這群愚昧的存在抹殺掉真的是很困難的事呢。」

「真的很辛苦啊。」他跟著苦笑，還有她的譬喻真特別。

「看在彼此同病相憐的份上，我推薦一件非常好用的商品給您吧！」

雨芯離開現場幾分鐘後，抱著一件商品回來。

「這是『禁止令留言白板』。」

她手上的東西是一塊尺寸比A4紙再大一些些，看起來沒有任何特別之處的白板。不管是鋁製邊框還是白板表面，怎麼看都很普通。

「這個跟奧客有什麼關係？」

「只要把你想要禁止的事情用白板筆寫在上面，或是把寫了禁止規則的紙用磁鐵固定在上面，這些禁止令就會自動生效，沒有人能夠違抗它的力量。」

雨芯拿出白板筆，在上面寫下「不可以吐口水」。

「現在試著在地板上吐一口口水看看？」

不明白意思的佳亨跟著照做。但當口水要從口腔來到外面時，不可思議的事發生了。

佳亨覺得自己的脖子好像被一條隱形的粗大麻繩捆住，麻痺感擴散到全身每個角落，就像人常說的鬼壓床那樣。他努力想要挪動手指，但手指卻像綁上五公斤鉛塊般動得非常辛苦。

「好了，這樣子就可以了！」雨芯把白板上的字擦掉，麻痺感還有沉重感也在瞬間消失掉，努力想要挪動身體的佳亨馬上因重心不穩跌倒在地，他不明白發生了什麼事。

「在適當的範圍內，只要違反白板上的禁止令的人全部都會被無形的力量束縛住。但是用得恰當的話是不會死人的，還請放心。」

「……只要寫上去就會變成禁令嗎？」

「只有句子裡包含『不可以』這個詞的禁令才會生效，沒寫出來就不會有事，平時也可以當成普通白板使用。」

光是把寫了禁令的紙貼在上面就可以引發那麼不可思議的魔法，佳亨的心底不禁湧現一股興奮感。

「我要買這個，現在就買！」

「好的，一塊五百元，謝謝惠顧！」

※

得到白板後，佳亨馬上把那些思考好久卻遲遲沒有辦法實行的規則全列印到紙上，接著在開店營業時貼到白板上。

『1.不可以故意弄髒店內空間 2.不可以提出無理的退費要求 3.沒有消費的客人不可以借用廁所 4.不可以對店員罵粗話 5.未經許可，不可以亂動店內的財物……』

紙上印著佳亨昨晚想到的十幾條禁令，如果那個店員說得沒錯的話，紙上的禁令都會生效才對。

他摸摸脖子，在那間魔法商店裡感受到被勒住的觸感依然清晰。如果用這種力量嚇阻那些奧客的話，說不定這份工作的重擔就會減輕也不一定。

這天早上除了忙了點以外，沒有什麼突發狀況發生。但到了下午的時候，奧客出現了。

「我剛才有說，我要加冰塊。為什麼沒加？」

這次的客人是個粗壯的中年人。剛才店員確實聽到他說他不需要冰塊，但等他拿到飲料以後，卻又跑到櫃檯抱怨。

「不好意思，您剛才真的說不用……」

「哪有，我剛剛明明就說有，」中年人拿著已經喝掉一半的冰紅茶繼續大音量抗議：「你們服務不好，所以我要求要退一半的飲料費……」

佳亨只是坐在旁邊氣定神閒地看著眼前中年人的反應。中年人說到一半，突然停下動作，然後突然像窒息般抓著自己的脖子不放。

他觸犯了自己寫下的「不可以提出無理的退費要求」的禁令。常常有人拿飲料不滿意當藉口要求退費，他已經處理到快煩死了。但看到中年人想說話卻說不出口的反應，顯然他沒辦法繼續把話說出口。

「先生，您怎麼了？」佳亨忍著笑意走過去問道。只見他臉色有些蒼白，想移動身體卻又動不了，好像連一個字都擠不出口。

根據魔法商店給的說明書，束縛魔法大約在兩到三分鐘以後就會消失，因此不會有生命上的危害或留下任何後遺症。

體會到鬼壓床般不可思議的痛楚後，中年人乖乖閉嘴，丟下一句「身體不舒服，算了」以後就離開了。他的表情就像見到鬼那樣恐懼。

「店長……那個人是在發瘋嗎？」剛才也被嚇到的店員，驚甫未定。

「不知道耶，但他能自己走掉不是很好嗎？」佳亨輕鬆地笑著。

沒想到寫在紙上的禁令真的生效，這讓佳亨驚喜萬分。

畢竟自己這邊沒有對他做任何事，剛才的事對方也提不出什麼證據，甚至也沒受半點傷，不需要擔心那麼多。

佳亨寫下的規則都是很基本的要求。只要客人不無理取鬧找麻煩，那麼什麼事都不會發生，成熟的社會人本來就應該明白這種道理才對。

隔天，不久前在店裡故意灑翻拿鐵的上班族又來了。

「你們是上班的時候都在打瞌睡是不是？我明明桌號就填6號，你們給我送到9號桌是怎麼樣？」

店裡的桌子上都有貼圓形的號碼牌，那是讓客人填的桌號。但上班族因為坐在反方向，自己把6看成9，店員把飲料送到9號桌的時候卻因為9號桌的客人也剛好點了相同的飲料，因此直到上班族大發脾氣抗議時，外場店員才察覺這件事。

當然，6號桌與9號桌的飲料都做好了，只要再送上去就好。但這個人顯然不會因為這樣子就善罷甘休，站在櫃檯前咆哮。

「非常不好意思。不過您的飲料已經好了，現在……」

「誰在那邊跟你們講飲料好了沒的事啊，我在問你們是在偷懶還是眼睛瞎了，白痴……」

上班族打斷佳亨的話正想罵下去，但他觸犯了「不可以對店員罵粗話」的禁令，他也被無形的繩子綁住，像被鍊住的瘋狗般突然倒地扭動身體。

「先生，您要不要休息一下？」佳亨若無其事地關心客人。

擺明想找麻煩的上班族憤怒地瞪著佳亨，像在問「你做了什麼？」。過一會，他充滿怒火的臉隨即被恐懼佔據，他也意識到有股超自然的力量在他身上束縛他。

在身體能動的那刻馬上從地上爬起來，對佳亨發出一聲悶哼後馬上抓著西裝外套頭也不回地離開。

在奧客上班族消失後的幾天，不時還會有幾個奧客出現。這些客人無預警地突然倒地然後又爬起來，而且看起來又都是被什麼無形的繩子勒住脖子，這實在太不尋常，而且有點恐怖。

「店長……這幾天我們店裡好像常常有人突然像這樣昏倒耶？」

店員的反應除了擔心，還有點害怕。佳亨只是淡淡一笑，說道：

「巧合啦，反正那些奧客自己都走掉了，這樣不就好了？你做好你自己的工作就ＯＫ了。」

反正只是用魔法道具給這些連尊重的「尊」字都不會寫的人一點教訓，本來就不用太在意。

那個上班族說不定就是那種故意要找人發洩自己生活壓力的人。但這不是找人麻煩的理由，佳亨認為這樣能讓對方明白服務業不是情緒勒索的對象，而是需要互相尊重且地位對等的人。

四、五天後，店裡面找麻煩的客人幾乎都自己跑掉了。有時跟無理取鬧的客人溝通就要花上半小時的時間，能省下這些時間處理更重要的工作，買下這塊白板真的很值得。

佳亨把白板放在店裡一星期後就暫時收起來。畢竟在店裡三不五時就發生這種鬼壓床般的事情的話，時間一久一定會被人懷疑，這麼做比較保險。

如果這麼做能讓這些人學到教訓的話，那麼這五百塊錢花得真的很值得。更重要的是，佳亨看到那些奧客被教訓一頓的模樣，心裡也很爽快。

不過事情沒有從此獲得真正解決。

幾天後，當佳亨在空座位上用Excel製作這個月的收支報表時，那個新人店員卻慌張地跑來報告壞消息。

「糟了……我們的店被人放到臉書社團上爆料了！」

店員把手機螢幕展示到佳亨面前。那是臉書上有名的爆裂公社，文章下面還貼著自家咖啡廳的招牌。

『這間優路咖啡廳是我去過最爛的一間

我點一杯飲料　都跟店員說清楚甜度還有去冰了　結果連個冰塊都搞不定

還有送餐也能送錯桌　更扯的是這間店裡面還養小鬼詛咒客人！！
我在店裡面直接被鬼壓床無法動彈　店裡面的人還假裝關心我
所以要去的人絕對要小心！』
整篇文章看下來，佳亨覺得不會有人相信他在說什麼。雖然他用了魔法是事實，但突然公開講養小鬼這種毫無根據的事，除了讓人覺得他在秀下限亂誹謗以外根本不會對自己有任何影響。
但他還是點了那個發文者的帳號進去看，點了相簿照片，他得知這個人就是那個三番兩次找碴的上班族。
「這個人真的有病耶，還跑到公社講我們壞話，」佳亨一笑置之，「沒事，這種人常常有，不用管他沒差。」
笑著讓店員回到工作崗位上後，佳亨才露出惱怒的臉孔。
這個人不只有病，而且還讓人很火大。明明就不是什麼大事，這個人卻一定要緊咬著不放，甚至還要鬧到臉書社團上。他只想老實做生意，這樣也不行？
本來以為過幾天這篇就會自動消失掉，但沒想到那篇文章下面也出現幾篇留言，說自己也有同樣的經驗。
「怎麼這樣……那些同樣觸犯禁令的客人也都跑出來留言了？」
盯著螢幕的佳亨又急又怒。明明只是稍微警告一下，這些人竟然還有臉在網路上講這種話！根本是非不分！

他決定找出這個上班族。

只要委託徵信社稍微調查一下，就可以找到他住的地方。在查到他的住址後，佳亨這天來到他住的公寓樓下，確認對方住在二樓的燈亮著後，接著拿出白板筆寫下幾行字。

「現在不可以拒絕刪除所有的誹謗文章」

過了五分鐘，佳亨拿出手機看爆裂公社的頁面，那篇文章被刪掉了。試驗成功。佳亨大概可以想像得到那個人在家裡又被束縛住，然後不得不把文章刪除的愚蠢模樣。

這塊白板的效果真的太棒了，因為真的沒有人可以違抗自己寫下的禁令！有了對他人施展禁令的權力，換言之就等於能讓所有人服從自己所有命令。

幸好買下這塊白板的人是自己，佳亨心想。如果是被其他滿腦私慾的客人買走的話，最後一定會變成用在逼人掏出鈔票或是叫女人把兩腿張開的用途上。但自己可不會用在這麼糟糕的事情上。

他就是那個會把力量用在讓這個世界變得更好用途上的人。

在幾次試驗後，佳亨大概知道白板的有效範圍是方圓十公尺，因此上下約一層樓都算範圍內。

這樣子就夠了。那天晚上他坐在電腦前，打開word然後思考各種可以用的禁令。

「不可以把任何垃圾丟到地上」、「不可以吐痰吐口水」、「不可以毀損公物」，他寫下的都是非常理所當然的禁令。

只是把這塊白板的力量用在自己的店裡好像有點浪費，他想拿來用在解決更多問題上。

接著在下一次店休的時候，他把貼了禁令紙的白板帶到公園裡面。這座公園每到假日總是聚集一群散步的時候總是隨地亂扔垃圾、亂吐痰的老人家，還有會在溜滑梯上塗鴉的小孩子。他們完全沒有所謂的公德心，而他們大概也沒想過自己的行為正在給他人添麻煩。

他就只是帶著白板坐在公園裡面，整座公園就改變了。那些隨手扔垃圾到地上的老人家們經歷了好幾次呼吸困難，發現自己總是在亂扔垃圾的時候才會被無形力量束縛後，全帶著見鬼般的驚愕表情乖乖帶著垃圾離開公園。

想要在溜滑梯或公廁牆上塗鴉的小孩，也在被無形力量束縛過幾次後嚇得大哭逃離公園。雖然有點抱歉，但這樣至少能讓他們學會亂塗鴉是不好的。

這股力量雖然不會直接告訴任何人不可以做什麼事，但會讓人自己察覺這點。

試了幾次後，在公園裡亂丟垃圾還有隨處塗鴉的人也幾乎不見了。果然這個社會就是需要鞭策，鞭策過後所有人才會記得教訓。

在鞭策這些人的過程中，佳亨也感受到讓人興奮的成就感。

有句話說「人換了位子就換了腦袋」，佳亨好像稍微知道這句話的意思。人得到新的權力或力量後，看待事物的視角也變得更寬廣，能選擇的方法也變多了，甚至還能感受到一種從來沒感受過的舒爽。

從佳亨還是國中生的時候，他就時常指正身邊的同學們的行動。像是亂丟垃圾、邊走邊吃、在教室裡吵鬧，他全部勇敢地一一糾正。

但是沒有人聽他的話，同學們依然我行我素，甚至還害得自己變成被排擠的那個倒楣鬼，讓他的國中生活相當不快樂。

這些心平氣和幹著壞事的同學依然在幹著壞事，半點反省的意思也沒有。這種狀況從小到大都沒有改變，學校與社會到處都有這種人。

雖然自己實際開始工作後，也體悟到社會就是擁有多種面向的群體，但佳亨還是打從心底希望可以做點什麼改變。

能像現在這樣子看到那些自以為是的壞蛋受到處罰，佳亨感覺就像老天爺給他的努力的補償。他覺得很滿足。

如果不用在制止店裡的奧客的用途上的話，還能用在什麼地方上？

在家裡休息的佳亨思考著這個問題，這時隔壁又再傳來了鄰居打小孩的哭叫聲。

正當佳亨不禁嫌吵的時候，他突然靈光一閃。

「對了……用這塊白板的力量去救那個孩子不就好了！」

既然都得到限制他人的力量了，當然就要完成平時不敢做的事。

佳亨跟許多普通人一樣，雖然不是什麼會見死不救的冷血漢，但也沒有那種知道別人家裡正在發生家暴時衝進去阻止的勇氣。每次聽到小孩子被暴怒的爸爸打得痛哭哀求的聲音，就算有想要阻止的念頭，四肢卻始終無法移動。

人的恐懼始終來自於未知。因為不知道對方是什麼樣的人、有多大的力量、行動會不會失敗、失敗後會不會從此惹禍上身，光是想到這些就讓人難以行動。

想要改變什麼卻不敢動身，佳亨知道自己很懦弱。

畢竟對方可是鄰居，要是惹到對方的話，可能就輪到自己接下來十幾年麻煩接連不斷上門。

不過現在不一樣了。

佳亨推開大門，然後來到樓上鄰居家門口。隔著門他更清楚地聽到裡面的孩子被打得痛哭大叫的聲音，還有媽媽哭喊「不要再打了、你不要打孩子啦」的聲音。

打開筆蓋，他在白板上寫下「不可以使用暴力」幾個字。

裡面的哭聲突然停止了。白板開始發揮效用，那個暴力爸爸沒辦法打人了。

不過這也只是權宜之計。佳亨不可能永遠待在他們家門口，等他帶著白板到裡面後，那個暴力爸爸一定又會開始動手。

佳亨站在他們家門口猶豫著。突然，他們家的大門開了。

那個雙眼紅腫的孩子竟然開了門逃出來，而且站在門口的佳亨就這樣被他撞倒，白板跟白板筆都掉到地上。

「別跑……回來……」

那個喝醉酒的爸爸像笨拙的袋鼠跳著追出來，他因為被白板的力量束縛，因此無法正常跑步。

「你是誰……！」

他馬上發出凶惡的吼叫，而且這時白板的束縛時間也剛好過了，發現自己可以移動的家暴爸爸馬上試圖抓住佳亨。

「剛才我不能動是你搞的鬼是不是?你做什麼!」

「不是我……關我什麼事!」

「你娘咧,還裝!」

佳亨下意識地想出手反擊,但他卻感受到無形的粗繩也綁住他的脖子,束縛住他的四肢讓他無法動彈。

——糟了!佳亨在心裡大叫。他剛才的動作大概也被白板解讀成「暴力」的一種,所以白板也把寫下禁令的自己束縛住了!

想打佳亨的家暴爸爸也再次無法動彈,兩個人就像毛毛蟲那樣倒在樓梯間吃力地扭動。

這樣下去不行……對了,把白板上的字先擦掉,自己就可以動了!

佳亨使盡力氣,想把白板上的字擦掉。那個店員說過禁令裡一定要用到「不可以」這個詞,所以把那個「不」字擦掉就夠了。

他咬牙爬到白板邊,然後使勁用臉頰擦掉「不」字。才擦掉幾撇,白板的束縛力便從佳亨身上消失,他再次自由爬起來。

但家暴爸爸也重獲自由,他憤怒地衝來拉住佳亨的袖子,朝他的頭用力打下去。一陣暈眩感傳遍整顆大腦,佳亨差點跪倒在地上,自己好像還有點反胃。

——不行,得再寫上新的禁令才行!

他連忙忍痛把地上的白板筆撿起，但家暴爸爸已經把攻擊目標轉向自己，他沒有多餘的時間去寫筆劃太多的字。

「別跑，你給我回來！」

看到佳亨從現場撤退跑下樓梯，家暴爸爸氣得追上去。跑得喘不過氣的佳亨眼看對方就要追過來，他別無選擇，只能隨手寫下剛想到的禁令。

「不可以呼吸」

寫完，他馬上就後悔了。

雖然家暴爸爸馬上因為吸氣的關係再次被束縛住，但跑得氣喘吁吁的自己也是。

這次不是被粗麻繩綑綁般的痛楚，而是被無形的厚重鐵鍊綑綁般完全無法移動身子的重壓。佳亨的五臟六腑都受到擠壓，尤其是肺，只要一有呼吸的反應，馬上就會有被彷彿被數十公斤的鐵鎚重擊般的痛楚傳來。

而且呼吸的反應還是無法控制的。越是遭到壓迫，自己就越下意識地想要呼吸。

「嗚……」

佳亨痛苦呻吟著。公寓四處也開始傳來同樣的呻吟聲，因為白板效力是方圓十公尺，因此上下兩層樓的住戶全都會被影響到。

因為氧氣無法輸送到體內各部位，佳亨不只因窒息而痛苦，意識更逐漸模糊。

他想要再把白板上的字擦掉，但力不從心，他的身上已經擠不出任何一點力氣反抗。

沒想到自己竟然要被自己一時的愚蠢錯誤給殺了……

這時，佳亨模糊的視線隱約見到有人靠近。

突然，他身上的重壓全部消失了，氧氣也再次進入體內，不適與暈眩感也全部消退。

不知道是不是因為本來就酒醉的關係，家暴爸爸還倒在樓梯上沒半點動靜。從恐怖的惡夢中回歸現實的佳亨，因驚甫未定大口喘氣。

「你差點就要死了。」

有個沒聽過的少年聲音對自己說道。

佳亨抬頭，剛才有個從來沒有見過，年紀大概接近十八歲左右的少年從樓梯下方走上來，把白板上的字擦掉了。

他的眼睛不知道是不是戴了隱形眼鏡，瞳孔是紅色的。

「你是誰……」佳亨的聲音除了餘悸猶存，還有一絲疑惑。

「這個不重要，」少年無視他的問題：「告訴我，那塊白板是從一間魔法商店裡面買來的嗎？」

佳亨點頭。

啪——佳亨的白板被少年用力踩了好幾腳，變成一堆碎片。

錯愕的佳亨不禁叫出聲。照理說在任何人進入白板的有效範圍後都會無法呼吸，但少年卻能若無其事而行動自如，完全沒有半點呼吸不順暢的反應，佳亨現在才想到不對勁的地方。

「不要再用那間店賣出的任何商品了。」

神祕少年冷靜地警告。

「不管是因為什麼理由使用那間店的道具，使用者最後一定會遭受不幸，要是我沒有出現的話，你跟其他人早就死了。」

「你知道……那間店？」

「知道啊，而且我還一直在找它。」少年在佳亨面前蹲下來，提出請求。

「看在我救了你一命的份上，你帶我去那間店吧。然後你接下來最好都不要再跟那間店有任何牽扯了。」

※

沒想到自己竟然會差點被那塊白板殺死，佳亨仔細回想起來還心有餘悸。

所幸臉書公社上本來就沒有多少人相信這種事，大多數人只是把它當成相當爛的造謠毀謗文章。不過現實中因為有不少人體驗到恐怖的經驗，上門的客人明顯減少了。

對客人做這種事的話，商譽必定會受到影響；那時的佳亨只想著要給奧客一點教訓，卻忘記可能帶來的後果，他有些懊悔。

那個神祕少年今天跟自己一起來到這條街上。他救了自己一命，佳亨也答應他的請求帶他過來。

「那天謝謝你幫我。但是……有必要把白板弄壞嗎？」

佳亨的聲音帶著一點點不甘心：「要是留下來的話，至少還有一股約束這個社會的力量……」

「約束這個社會？」

少年用不可思議的聲調複誦一次。

「你都已經是社會人了，還會想著這種事啊。」

「這個環境本來就需要改變，就算慢慢來也好。」

「這個世界上有上千個上萬個那種人，只靠那種東西根本改變不了任何東西。再說要改變這個世界根本是不可能的事，你還是早點接受現實吧。」

被一個初次見面的少年這麼講，佳亨心裡有點不是滋味。

「那間店就在前面。那個……你要做什麼？」

他警告自己不要再用這間店的商品，卻又要找這間店，讓佳亨好奇。

「我有些事要找裡面的負責人解決。」少年聲音平靜，但回答內容聽起來像要尋仇。

佳亨聳肩不再多問。他記得自己在這附近找到魔法商店，目的地快到了。

「那間店就在……」

當他認出那天在隔壁看到的文具店招牌時，卻發現令人驚訝的一件事。

那間店不見了——不只鐵門深鎖，圍在門口的鐵鍊更是佈滿灰塵，像放了一陣時間。

本來以為是那間店倒閉或搬走，但走近一看，貼在門上的招租廣告的日期竟然已經是一年前。

「怎麼會這樣？」

他驚訝地重新確認，自己沒有找錯路，隔壁的店家他也記得一清二楚，唯一不合理的地方就是店不見了。

「不是，我確定是這裡，只是那間店不知道為什麼不見了⋯⋯」

當佳亨要解釋時，他回頭一看才發現，那個少年早已經消失。

第九章　大起大落輪盤章魚燒

「欸，真的嗎？三班的吳智希其實在暗戀妳吧？別騙了啦！」

「才沒有！妳很煩耶！」

直純跟三個同班同學剛從餐廳裡走出來，她們剛才聊到隔壁班的帥哥好像會常常有意無意地來找直純的事。

「現在我才不想談戀愛呢，現在忙週考還有段考都快沒時間了啦，怎麼可能會跟其他男生浪費時間？」直純有點招架不住地笑著否認。

直純留了一頭漂亮的深茶色長鮑伯頭，臉蛋也比同年齡的女孩們還要成熟一些，在同年齡的男性同學們眼中，是個算得上正妹的受歡迎人物，就算被誰追求也不是什麼奇怪的事。

「別害羞啦，喜歡就直接講清楚就好啊！」

「又不會笑妳。不然妳要等到三十歲嫁不出去的時候才找男朋友嗎？」

站在直純旁邊的艾怡也小聲地笑了。

以髮型來分的話，艾怡、蔡欣亭都是文靜型的短髮，只有李文琳一個人是看起來很有活力的糰子頭。論個性的話大家都表裡如一，尤其文琳比其他兩人還多話。

「那妳自己咧？」直純笑著反擊：

「妳現在好像也沒有，自己還好意思說別人嗎？」

「嘿嘿嘿，我只要拿出實力展現魅力，要來追我的男人要幾個有幾個！」

「誰跟妳這種自以為是的人交往啦！」

四個高中女孩在路上有說有笑，眼前的景象真的是最充滿活力的一刻。

不過自己喜歡哪一種男生，直純還真的沒想過耶。

直純輕輕打了個悠閒的大哈欠，現在身邊的男生要不是超內向，不然就是白痴到讓人想一拳揍下去的樣子，根本沒有吸引力。看來距離要遇到夠可愛的男生還久得很。

既然已經吃完午餐，那現在要去哪晃晃？

「走吧！我們去吃點東西！」

帶頭的文琳心情顯得相當地好，剛吃飽還想繼續吃點心。

「是賣鯛魚燒的攤子耶！你們三個要吃鯛魚燒嗎？我可以一起買！」

「我要花生口味的。」直純答道。

「那麼等我一下！」文琳拿著錢包，便排進了路邊買鯛魚燒的隊伍之中：「我很快就買完回來！」

現在街上的氣溫真涼爽。開始覺得有點想睡的直純，靜靜望著天空。

「妳們有想過交男朋友嗎？」

直純問身邊的艾怡與欣亭。她們一個正在滑手機，一個正在看書。

「嗯……」艾怡先發出一陣猶豫的鼻音：「現在不想。」

「現在不想？所以以後想的意思？」

「現在就先把大學考試準備好再說吧。」

「我的話有想過……」輪到欣亭說了。她的聲音細小得直純還要把耳朵湊過去：

「但是希望可以找到一個溫柔點，同樣喜歡看小說的人。」

「對耶，興趣一樣的人才比較處得來嘛。」

興趣啊。直純好像沒想過自己的興趣是什麼，唱卡拉ＯＫ跟吃蜜糖吐司算嗎？直純腦中好像想不到真的可以叫興趣的東西。

說夢想的話好像有吧，如果可以，直純想要開一間自己的店。

「啊——對不起！鯛魚燒好像賣完了！」

抓著錢包的文琳，這時又從隊伍裡跑回來跟大家道歉：

「那個老闆突然說什麼原料不夠，所以今天就提早賣完，這什麼狀況超傻眼的！」

「咦？沒關係啦，那就吃別的東西就好啦！其實比起鯛魚燒，我更喜歡蜜糖吐司啊！」

「有的時候賣得太好本來就會不夠啊。」

「嗯、也是啦……」文琳接受了這個答案：

「那妳們有想吃什麼嗎？」

「蜜糖吐司。」、「剛才吃太撐了，現在暫時不想吃東西啦。」

四個女生在路上隨意亂晃，看著最近流行的商品，或是讓人覺得可愛感加分的小飾品。但最重要的，果然還是好吃的點心了。

「這附近好像有一家網路上評價還不錯的下午茶，要不要一起去吃吃看？」

「咦，有蜜糖吐司可以吃嗎？」直純馬上被勾起興趣。

「整天一直吃，小心變胖喔。」艾怡提醒。

「誰會變胖啦，我每天都有努力運動減肥！」

在四個人都忍不住笑起來的時候，直純被不太尋常的東西吸引住視線。

「妳們看那個？」

順著直純手指的方向望去，那裡有一間掛著一塊紫底白字，上面用華麗的字體書寫著「德吉洛魔法商店」的店鋪。

「德吉洛魔法商店……那是什麼？」

文琳看到那間神祕店鋪的店名，好奇心馬上就被引起，接著快步走過去。

「雜貨店到處都有，可是這間店幹嘛還加『魔法』兩個字啊？」

她在門口左看右看，但看不出什麼特別之處，好像只是普通的雜貨商店。

「是什麼特殊商品的專賣店嗎？」、「去看看呀。」

四個人推開了木門，接著輕輕掃視店內。

「哇哦。」

只看店內陳列的商品的話，這裡就跟一般的雜貨商店沒兩樣。

但看看店裡面的裝潢，店內空間充滿了維也納宮廷劇院般的氣派感。

腳下踩著華麗的大理石地板，頭上亮著高級的水晶燈，仔細一看，貨架上的商品竟然都是肥皂、沐浴乳或零食、泡麵這類的普通商品。

「好像是很高級的店耶！」直純隨手翻了一下旁邊的洋芋片，還有貨架上的不知名品牌巧克力。

「別亂動啦，要是摔壞東西妳要自己賠喔！」文琳趕快撇清關係。

「該不會是最近很流行走文創風的店？」

再看看標價牌，本來直純以為應該會很貴的價格竟然意外地親民，幾乎所有東西都是便宜的銅板價。

正當直純想著老闆在哪時，店員已經從四人身後向她們打招呼。

「哈囉，歡迎光臨！」

一回頭，有個外表年紀看起來也是高中生的少女，笑容可掬地歡迎客人。

店員穿著一件黑圍裙，再配上一件黑色西裝褲。淺藍色的秀髮加上墨綠色的眼睛，眼前的女孩讓直純感受到某種獨特的時尚感。直純看了一下她圍裙上的名牌，上面寫著「白雨芯」三個字。這個人是工讀生嗎？直純心想。

「需要找什麼嗎？不管有什麼需求都歡迎告訴我，我會盡全力協助您喔！」

看到對方和藹可親的反應，文琳才放心地問：

「為什麼這裡要叫魔法商店啊？」

雨芯好像已經很習慣這種問題，輕笑幾聲後回答：「因為本店也販賣擁有魔法效果的商品喔。」

四個女生不禁發出驚異的議論聲。

「真的假的？」文琳率先質疑。

「當然是真的。」雨芯帶著微笑走向她們：「只要客人說得出口的願望，我們就能拿出相應的魔法商品給客人。」

又不是哆啦A夢！直純在心裡偷笑。但是眼前的店員不像在開玩笑，而且招牌上的字她也想不到有什麼其他用意。

「真的什麼願望都ＯＫ？」

艾怡的視線從手機上移開，她的眼神帶著一點質疑。

「那讓我們全部的人的願望都實現的東西也有嗎？」

「全部的人……就是什麼樣的願望都能實現的商品嗎？」雨芯托著頭思考一會，然後靈光一閃輕輕拍掌：

「有了！我們店裡還有這種商品呢！而且很好吃喔，請稍等我一分鐘！」

說著，她走向店鋪最後面一扇寫著大大的「D」字的門，消失不見。

「咦……很好吃？」

直純在老闆不見後才反應過來，那個東西可以吃？

「會不會是開運藥水之類騙人的東西啊？」艾怡笑著猜。

「別亂講啦，聽起來很可怕耶！」

「我猜是糖果。」欣亭猜的答案很可愛。

女孩們喧鬧的猜測，一下子就隨著老闆的回來而結束了。

「鏘鏘，就是這個！」

雨芯的手上抓著一只盒子。但因為商品的內容太叫人意外，直純不禁露出傻眼表情。

那是一盒六顆的章魚燒。

仔細一看，裝著不停冒出熱氣的章魚燒的不是普通紙盒，而是只有珠寶首飾類才會用到的黑色硬盒。

章魚燒上面灑了海苔並淋上醬料，香氣竄進直純的鼻子裡。同時，眼前的盒子裡還放著一根銀色的小叉子，表面的金屬質感正誇耀著自身的價值。

但用這麼華麗的盒子包裝章魚燒，感覺就像用保險箱來保管糖果一樣，怎麼看都覺得有違和感。

「章魚燒？」

其他人的反應也一樣是傻眼。

「這個不是普通的章魚燒喔！」雨芯繼續用可愛的聲音說明：「這六顆章魚燒裡面有五顆味道正常，剩下的那顆包了地獄辣椒醬，而且從外表完全看不出來！」

「我知道，就是那個像俄羅斯輪盤的遊戲對吧？」直純聽過這種東西，但還沒有真的玩過。

「不只這樣，剛才這位同學說到讓妳們全部的人願望實現對吧？」雨芯看了艾怡一眼，笑嘻嘻地說下去：

「只要在吃下一顆章魚燒以前說出自己的願望，而且吃到正常的章魚燒的話，願望就會實現，是兼具實用性與娛樂性的魔法商品！價格一盒只要六十五元而已！」

「感覺好像很好玩的樣子！大家一起出錢買一盒吧！」文琳聽到俄羅斯輪盤的規則超級興奮。

反正才六顆而已，一人一顆然後還可以玩俄羅斯輪盤，感覺也不錯！不過直純突然想到一件事。

「那麼吃到那顆辣醬章魚燒的人會怎麼樣？」

「吃到那顆章魚燒的人許的願望就不會實現，可能還會遇到一點可怕的事吧？所以就努力不要吃到那顆辣章魚燒吧！」雨芯想了一下後回答。

可怕的事？反正吃到那顆章魚燒頂多就辣到一直喝水而已，也不會怎麼樣。這麼想的直純，也答應買下這盒章魚燒。

「老闆，我可以問妳一個問題嗎？」直純向雨芯提問。

「這間店的名字……那個『德吉洛』有什麼特別的意思嗎？」
聽完，雨芯的嘴角勾起包含訝異與快樂的微笑。
「您還是第一個問這個問題的客人呢。『德吉洛』是世界語的deziro這個詞的音譯，而這個詞的意思是——」
這時的直純還不知道，雨芯的答案有另一層意思。
「願望，又或者是欲望。」

※

「妳們要許願了嗎？」
四人來到外面的廣場並找了個地方坐下。文琳看起來非常期待地打開裝章魚燒的高級盒子，裡面的六顆章魚燒依然像剛製作完畢般不停散發熱氣。
「直純妳要許什麼願啊？要交到男朋友嗎？」
「哈哈，妳很煩耶！那妳自己又要許什麼願啊？」
「祕密。哪有人許願還說出來的，說出來就不靈了！」
「可是那個老闆說要先把願望說出來再吃章魚燒才有用耶。」
「是喔……那就大家輪流講就好了啦！」

文琳拿起附在裡面的叉子，接著大聲說道：「我希望可以得到很多很多的錢！」

接著，她大口把第一顆章魚燒送進口中。

「嗯！這個好好吃喔！這個跟外面賣的章魚燒味道都不一樣耶！而且裡面的章魚的腳也好有嚼勁！」

「真的嗎？那換我！」直純也拿叉子要吃。她想了一下願望，然後用有點小聲的聲音說：「希望能交到夠帥的男朋友……」

「我希望我爸爸的生意可以變好。」欣亭也許願然後插了一顆章魚燒送進口中。

「我希望可以考上一間好的公立大學。」艾怡許願完挑了放在中間的章魚燒吃。

一股濃郁的香味在直純的口中散開。起司、海鮮的味道在舌頭上來回翻滾，這股味道跟平常吃的章魚燒完全不同，簡直就像高級日本料理店吃到的高級食材！還有既然自己沒吃到放了辣醬的那顆，那麼自己的願望會實現嗎？

「咳咳……」

這時，艾怡開始大聲咳嗽起來，而且還拿起水瓶不停喝水，大喊：「嗚、好辣！它放的辣椒太辣了啦！」

「真的假的、居然是妳中獎！」文琳跟欣亭笑著幫她拍背，問：「還好嗎？要幫妳再去買飲料嗎？」

艾怡表情難受地點頭，因此文琳只好幫她再買了一瓶礦泉水。

看到艾怡嗆得淚流滿面的模樣，就不難想像那是有多辣的醬料了。

「沒事啦、沒事啦……那間店竟然會放這麼辣的東西，好壞喔！」

看來那個店員說的可怕的事就是這個吧。幸好喝幾杯水後地獄辣椒醬的辣味就消退了，艾怡除了辣到不停咳嗽外沒有大礙。

「所以當作補償，今天我們一起陪艾怡去她想去的地方逛吧！」文琳興高采烈地提議：「沒事沒事，我們繼續玩！」

包括直純在內的人全都同意，於是大家又像什麼都沒發生那樣繼續逛街。

但誰也沒想到，那盒章魚燒竟然會有那麼可怕的力量。

※

因為隔天是星期日，所以直純打算舒服地一覺睡到中午再起床。

鈴鈴鈴鈴鈴鈴——明明才早上八點多，手機卻一直響個不停，直純只好超不甘願地爬起來，用帶點起床氣的聲音回應：「喂？」

「直純？糟了啦！」話筒另一邊傳來文琳驚慌的聲音：「妳可以出來一下嗎？」

「幹嘛啦……我還沒睡飽耶……」

「總之出來我再說明狀況啦！我去妳家附近等妳！」文琳唐突地說完就掛上電話，對話就這樣中斷。

直純懶洋洋地換好衣服到住家附近的百貨商場，文琳已經在那邊等著。一看到直純，她馬上超神祕地把直純拉到沒人的角落。

「發生什麼事了？」直純隱約感覺到事情有點不尋常。

只見文琳深呼吸好幾口氣，接著才湊到直純耳邊說話。

「其實昨天的發票……我們家中了一千萬頭獎了。」

「什麼？」直純還以為她把一千塊講成一千萬，然後重新問一遍：「確定一千萬？」

文琳用力點頭：「沒錯……我昨天回家的時候聽到媽媽在叫中大獎的時候我也嚇一跳耶！太幸運了，真的發財了！」

真的假的……一千萬？這個對直純來說根本是天文數字，難以想像啊！蜜糖吐司都可以吃好幾萬份吃到飽了！好羨慕！

直純當然也開心地為她慶賀，同時她也想起一件事：「那天吃章魚燒的時候，我記得妳許的願望不就是……」

「對啊對啊，真的太神奇了！」文琳的心情超好：「那個章魚燒好靈驗喔！沒想到這麼快就實現我的願望了！今天一起去吃大餐吧！我請客！」

文琳挑了一間高中生根本不可能會去吃的高檔法式餐廳，然後點了兩人份的套餐。這還是直純人生中第一次吃到要數千元的高級料理，感覺有夠新鮮。

「妳有打電話給欣亭她們嗎？」直純邊吃焗烤蝸牛邊問。

「有啊，欣亭她現在好像在忙，然後艾怡的手機根本打不通。」文琳隨意地玩著手機：「等一下再叫她們出來一起玩吧！」

這一切簡直比做夢還要不可思議。如果發大財這種願望都能這麼快實現，那自己要找到一個男朋友的願望也真的會實現嗎？直純想著想著，不禁緊張起來。

發票中獎的話雖然還要等到下個月才能領獎金，但現在先提前享受也不壞啊。

吃完飯後，文琳跟欣亭約在電影院門口見面。艾怡的電話依然沒有開機，以前假日的時候明明一下子就聯絡上了，感覺有點奇怪。

文琳去買票，直純一個人坐在電影院外的長沙發椅上等待。這時，有人朝著直純的方向走來。

「妳在那間魔法商店買過東西了嗎？」

對方向直純開口搭話。突如其來的問題讓直純困惑地抬頭。

對方是個看起來年紀比自己大一點的少年。他留著一頭蓬鬆的黑髮，表情看起來相當冷淡。還有很奇怪的事情是，他的眼睛是不自然的紅色。

「咦？」

可是這個人好可愛，直純看著他的臉忍不住心想。雖然乍看之下態度好像不是很友善，但這一點也不影響眼前少年的可愛程度，難道說章魚燒的力量已經開始發揮效果了？

「我說那間魔法商店。那個店員應該也推薦妳們買了什麼東西吧？」

「嗯……對啊……」

「現在就把它丟掉。不然最後一定會有可怕的意外發生在妳們身上。」素不相識的少年突然講這種話，讓直純一時間不知道要怎麼回應。

「咦……你是誰？你也去過那間店嗎？」

「沒有，有的話我早就把那個可恨的惡魔抓出來教訓了。」

——感覺這個人好像跟那間魔法商店有仇耶，直純心裡暗自想著。可是那盒章魚燒現在也不在自己身上，自己也不能怎樣啊。

「對不起，我票買好了……這個人是誰啊？」

文琳買完電影票回來，也看到這個陌生的少年，她好奇地問。

「不知道……我不認識這個人。」

「咦，是來搭訕把妹的嗎？我們家的直純沒有那麼好把喔！快走快走！」

「把妳們在魔法商店裡面買的東西拿出來給我，快點！」

少年突然著急起來，在兩個女孩子眼中，突然變得著急的少年看起來就像危險的變態一樣讓人害怕。

「你誰啊！怎麼會知道我們去過哪裡的事？走開！」

文琳抓起直純的手，馬上朝著出口逃跑。少年從後方追上來，但文琳馬上拿喝到一半的寶特瓶丟他的頭，然後跑掉。

「不要再跟蹤我們了！」

在街上拐了幾個彎以後，兩人躲進便利商店的廁所裡面。從門縫確認對方沒追來後，兩人都鬆了口氣。

「那個人剛才問我們是不是在魔法商店買過東西，還叫我們把它丟掉……」

直純用比剛才還低的音量說道。

「丟掉？為什麼？還有那個人會知道我們去過哪裡也很奇怪耶！那個人一定是跟蹤狂！」

搞不明白的事有點多，從那盒章魚燒帶來的效果到那個神祕少年的事，直純已經有點混亂了。而且，為什麼要專門跑來說這種事？那間魔法商店的商品有什麼嚴重的問題嗎？

直純口袋裡的手機突然響起。她接起來，那是欣亭的聲音。

「喂喂，妳們到電影院了嗎？我到處都沒看到妳們。」

「啊、對不起……」直純這才想起自己約了欣亭出來：「我們剛才有事啦，不好意思……」

「不是，」欣亭的嗓音聽起來比往常還要著急。

「艾怡她出事了……妳們快到我說的醫院來！」

欣亭說出有如五雷轟頂的消息。

※

到了欣亭說的醫院病房，映入直純眼簾的是躺在病床上的艾怡。

才隔幾十個小時沒見，沒想到平時要好的同學竟然變成這種樣子。她的雙腳全部打上石膏，脖子上也裝了像某種固定器的東西。艾怡現在看起來就像失去動力的玩偶躺在床上，盯著前方的電視動也不動。

「剛才我直接去她家找她的時候，才知道她昨天晚上到外面買東西的時候車撞了。」

欣亭跟艾怡兩個人的家很近，今天早上因為艾怡的手機打不通，欣亭直接過去找她時才知道這件事。

「那輛車的煞車突然失靈，然後直接衝撞上去……腳骨折了，脖子也是，身上也有好幾個地方受傷。」

艾怡的媽媽坐在旁邊一直低頭哭著，艾怡自己也哭了好幾遍。現在的她全身都因為有如電擊般的劇痛痛苦不堪。

「沒事的！」

文琳想大動作抱住艾怡，但被一旁的護士因為不想讓她亂動而制止。

「是那天的章魚燒的關係……」

艾怡用充滿絕望與怨恨的聲音說。現在的她因為疼痛的關係不停冒汗，神情反應也跟平常不一樣。

「那天就是因為我不幸吃到有那辣醬的那顆，所以我才會遇到這種事……可惡。」

「別想太多，跟那個章魚燒沒關係！」

直純試著安慰著眼前的好友：「我們都會陪著妳，所以不管發生什麼事，妳都不用害怕！」

「那我連大學考試都不能參加，妳們也要幫我嗎？」

艾怡的神色看來已經忍耐不住痛苦。

「不能上學、不能正常生活、不能逛街、不能運動、不能泡澡，連大學考試都要延後一年了……妳們要怎麼幫？現在每天痛得要死又不能動的人又不是妳們！」

直純一時啞口無言，文琳也感到焦急，欣亭則完全沉默。

現在她們能做的真的就只有安慰還有探望，再來就束手無策。艾怡現在還在痛苦掙扎，誰也沒辦法替她分擔。

「那麼我來幫忙！」文琳這時突然冒出這句話。

「用我中獎的獎金，分一點來當妳的醫藥費！這樣子不就可以……」

「妳中獎了？」

艾怡的表情充滿懷疑與不可思議。這時欣亭連忙伸手阻止文琳再說多餘的話。

明白事實的艾怡開始發出像失望又像自嘲的笑聲，眼神也明顯露出憎恨。

「不、沒事，我是說……」

「妳的願望實現了……哈哈哈……然後吃到那顆爛章魚燒的我就變成這樣……所以那盒章魚燒是有用的嘛！為什麼妳們要買那種東西……可惡，妳去死啦。」

平時為人還算善良的艾怡，這時竟然開始大聲怒吼著詛咒的話。

第一次聽到好友口中說出「去死」這種字眼，文琳也跟著受到打擊，她看起來像因為無法接受而摀緊嘴巴，胸口隱隱作痛。

艾怡憤怒地拍著棉被，拍著拍著又因為骨頭的劇痛而痛苦地倒在床上，生不如死地啜泣叫喊。艾怡媽媽見狀馬上把三個人都請到走廊上，用不好意思的聲音道歉：

「艾怡她現在情緒不穩定，希望妳們不要介意。」

直純還是很難相信，才一天而已竟然發生了那種意外。

「現在怎麼想，都跟那盒章魚燒脫離不了關係。」

欣亭聽完文琳中獎的事後，坐在椅子上思考著：「許的願實現再加上吃到辣醬的艾怡出意外，這個真的很邪門。」

「可是欣亭妳的願望就沒有實現啊？」

「說不定已經實現了……因為聽說跟我爸公司有生意競爭關係的公司，昨天全都因為資金週轉不靈暫時收起來了。」

「有這種事？」

為了證明自己的話，欣亭拿出手機翻出「翔和水產加工進口公司　暫停營業通知」的官網公告給大家看。

好幾間水產公司都在昨天下午到晚上這段時間，陸續貼出暫停營業或暫緩服務公告，一天內就有這麼多相關企業停業，一看就知道很不尋常。

「要是那些對手的公司都暫停營業，那麼爸爸的生意是會變好，願望算達成了。」

「可是這種達成法也不算好啊？」直純質疑。

「現在講這些有什麼用啦……」文琳看起來有點混亂，流下的眼淚比自來水還多：「我們要怎麼幫助艾怡？是我害她的……把我中獎拿到的錢都給她當醫藥費吧！」

「那個現在又不能馬上領獎！要等到下個月耶！」

在所有人都在焦急地思考的同時，文琳好像想到什麼。

「對了……那盒章魚燒好像還剩下兩顆還沒吃掉！」

直純一聽到這句話，馬上明白意思：「難道妳要用章魚燒……」

「要是辣的那顆已經被吃掉的話，意思就是說剩下的兩顆都可以實現願望對不對？」欣亭也想到這點。

一盒六顆的章魚燒裡只有一顆辣醬章魚燒，也就是說剩下的兩顆還可以用來再實現兩個願望。

本來也贊同這個方法的直純，這時卻突然想起剛才的少年的警告。

可怕的意外。光是這句話就勾起直純內心的不安。現在難以置信的意外已經發生在好朋友的身上，而偏偏其他兩人的願望也跟著實現，她的心裡有一股不祥的預感不停湧出。

那盒章魚燒現在放在文琳家裡。三人回到文琳房間裡面，然後文琳打開黑色盒子。

放了一整天，本來應該冷掉的章魚燒這時竟然還是像剛出爐般發出熱騰騰的氣息，這時不禁讓直純感到毛骨悚然。

「不要用這個！」在文琳準備要開口許願前，直純有點猶豫地伸手阻止。

「妳們不覺得很可怕嗎……艾怡只是不小心吃到那顆辣醬就突然受那麼嚴重的傷，要是再許願然後又發生更可怕的事怎麼辦？」

「可是不用章魚燒許願的話，妳還有別的辦法可以救她嗎？」文琳反問。

「我不知道……」直純用力緊握雙手：「可是、它能實現願望的話，那就表示就是它害艾怡變成那樣的！誰也不知道許完願狀況會不會變得更糟啊！」

「別想那麼多啦，只是要讓她恢復健康而已，不會有事的！」

願望或許會實現，但是它會以什麼樣的形式實現，誰也不知道。

的確，除了用文琳中一千萬的獎金當醫療費跟用章魚燒的力量，直純目前也提不出更好的辦法。

「我希望艾怡可以趕快恢復健康！」

文琳對著第五顆章魚燒說完，接著一口把它吞掉。雖然看起來沒什麼異狀，但直純隱約感覺到四周的空氣之中有某種讓人不安而充滿壓迫感的無形能量在蠢動著。

三個高中女生坐在房間裡面沉默了快十分鐘。誰也沒有開口說話。

接著，一道手機鈴聲打破寂靜。

文琳接起手機，在聽完對方說的話以後，她的臉不禁一沉。

「艾怡媽媽說……艾怡她不見了。」

※

大概在文琳吃掉第五顆章魚燒以後的幾分鐘，本來因為骨折躺在床上無法行動的艾怡竟突然從病房裡面消失了。

艾怡的媽媽只是到洗手間洗水果刀，幾分鐘後回來，艾怡已經不見人影。她當然不可能自己跑掉，更不可能是護士沒經過家屬同意把她帶回去，所以艾怡媽媽才打電話來問是不是直純她們做的。

「不行，艾怡的手機打不通。」

三人當然馬上加入搜索行列。但是醫院附近的街道已經找過一遍，還是沒有見到艾怡的身影。

直純撥打艾怡的手機，但她的手機根本沒開機。她的手機裡也沒有裝有GPS功能的APP，因此無法定位。

恐懼感在直純心中越來越強烈。雖然文琳許願說了希望她恢復健康，但是這個願望又會以預料不到的形式實現也不一定。

直純又撥了欣亭的手機號碼要聯絡，奇怪的是完全打不通。

直純負責在醫院的地下停車場搜索，文琳與欣亭則負責週邊街道，三人約定一有發現就聯絡彼此，欣亭應該不會在這種時候關機才對。

這時昨天曾經聽過的聲音向直純說道。

「妳們果然出事了。」

昨天遇見的少年，這時竟然出現在直純面前。

「你知道發生了什麼事嗎？」直純覺得這個陌生的少年一定知道些什麼，著急地問。

「妳先把事情的來龍去脈全說一遍吧。」少年依然維持冷靜的態度說道。

在直純簡單地說完以後，少年的臉色越來越難看。

「許了那個願以後，她直接失蹤？聽起來凶多吉少呢。」

「你怎麼知道？你知道那盒章魚燒是什麼嗎？」

「我還不能確定。但是我見過的大部分在那間店購物的客人，如果不是用商品的力量殺了什麼人的話，到最後一定會是自取滅亡。」

「自取滅亡？」直純對只是使用魔法商店的商品就會帶來這麼可怕的後果感到難以置信。

「你怎麼會知道這種事？你是誰？」

少年專心地思考眼前的狀況，沒有回答。

這時，一陣聽起來讓人不太舒服的物體滾落聲傳進兩人耳中。

聲音是從樓梯間傳來的。兩人同時看過去，有一個渾身是血的少女從樓梯滾到地板上，看起來已經失去意識。

當直純認出對方的臉時，她不禁叫出聲來。

「欣亭？」

那是直純的朋友蔡欣亭，但是她全身都有被毆打造成的瘀青與血跡，頭上更有幾道像是被什麼動物用牙齒痛咬過的血痕。直純被嚇得發出尖叫，嘴脣與身體都不由自主地發抖。

「那個人來了。」

少年馬上露出警戒的態度，而兇手也緩緩走下樓梯。

當直純看到兇手的臉時，本來就已經有點混亂的意識就更亂了。

因為把欣亭推下去的人就是突然失蹤的艾怡。

她穿著沾上血跡的醫院病人服並打著赤腳，走路的動作順暢得完全不像骨折的病人。她的手邊還拖行著另一個像沒有抵抗力的布偶的人。那是同樣跑出去找她的文琳，她全身上下都有遭到暴力毆打的痕跡，而且她看起來已經失去生命跡象。

直純腦中雖然有無數像是「發生了什麼事？」、「妳做了什麼？」、「妳為什麼要這麼做？」的問題，此時卻連一句話都說不出口。

如今的艾怡眼中只剩下瘋狂的目光。她像是想撲到直純身上一口咬斷她的脖子般跳起，躍過十幾階樓梯降落到地面後直接朝直純的方向衝去。

「快閃開！」

少年搶先一步擋到直純面前，接著毫不留情給她的肚子一記踢擊。艾怡在停車場的綠色地坪上翻滾幾圈，接著又重新活力十足地跳起來。

「妳們犧牲我的運氣來實現自己的願望……很開心吧？」

艾怡開始發出怨恨的聲音。

「妳們全都能實現願望活得開開心心，但只有我失去未來、失去健康、失去人生！我不會原諒妳們……去死吧，去死去死去死去死去死……」

接下來的內容直純完全聽不懂，只是純粹要發洩不滿的詛咒與憤怒的吼叫。如果換成自己遇到這種事，自己一定也會充滿怨恨，直純明白這點，卻什麼也說不出口。

直純覺得自己的心好痛。她想要救自己的朋友，可是她現在只能感受到自身的無力，還有聽到好友的詛咒時的無力感。

少年猛烈地朝兇猛的艾怡繼續反擊。他接下艾怡的拳頭，接著順勢拉住艾怡的手臂。艾怡像猛獸那樣張口想用力咬住少年，但少年的腳朝她的小腿一絆，只知靠著一股憤怒亂衝亂抓的艾怡就重重跌在地上。

「住手、不要打她！」直純用快哭的聲音般制止。

「妳的朋友已經不能溝通，放棄吧。」

「不是！她就是我說的那個骨折的朋友，要是打下去的話她會受更重的傷啊！」

艾怡口中依然持續發出不像人類的低吼聲，就好像鬼片裡被害人被什麼東西附身時發出的聲音。她重新從地上跳起，動作流暢得好像骨折在三分鐘前完全痊癒似的。

少年似乎很習慣這種打鬥場面，臉上看不出慌亂。艾怡開始像野貓那樣用指甲瘋狂地抓他，而他用手臂抵擋，黑色的長袖被抓得破破爛爛，光是用看的就覺得好痛。

一個轉身少年閃過她的指甲並來到艾怡身後，扭住她的喉嚨，同時朝她的腹部重擊讓她昏厥。他已經控制好力道，因此他確定不會帶來生命危險。

昏厥的艾怡發出一陣痛苦的嘔吐聲，然後吐出一條疑似章魚或某種海洋生物的水灰色觸手，她還發出痛苦不堪的呻吟。

「那是什麼……」直純聲音顫抖。

「不知道，但應該是妳說的能實現願望的章魚燒的一部分，那個骨折的朋友會突然跳來跳去也是它的關係。」

少年把在地上蠕動的觸手一腳踩爛，他因為噁心的氣味不禁掩鼻。這時醫院的人也終於趕來，把倒地的三人送上擔架。

※

三人的診斷結果都相當不樂觀。艾怡的骨折狀況變得更嚴重，而文琳與欣亭兩人則因為身上有多處撕裂傷與骨折，目前仍在急救中。

直純一個人低頭坐在手術室外面，什麼都無法思考。她第一次感受到彷彿等死的無力感，什麼也不能做，只能等著命運的降臨。

「可以告訴我更多那間店的事嗎？」

直純對著一直站在旁邊沒有離開的少年問道。

「妳想要找那間店報仇嗎？」

「我不知道……可是我想要知道更多。那間店為什麼會賣那種東西？還有……那個店員是不是早就知道會有這種事……」

「那個惡魔肯定早就知道，然後等著看妳們陷入不幸了。」少年用憎恨的口氣說。

「那些商品會帶來的災難本來就不是人類所能應付的，妳們買的章魚燒也是。妳沒聽過《猴爪》的故事嗎？」

「我不知道那是什麼……」

現在也不適合說這種話，少年隨即閉口不談。

「對了，你叫什麼名字？」

少年沒想到直純會突然問他名字，於是愣了一下。

「桑映恆。映照的映，恆心的恆。」

「嗯，謝謝你……謝謝你剛才救了我。」直純誠摯地道謝：「我可以再問一個問題嗎？」

映恆沒回答，直純把這個反應當作「ＯＫ」，繼續問下去：

「你為什麼會知道那間魔法商店的事呢？」

「妳不用知道這種事吧，只要把那盒章魚燒毀掉，以後不要再跟可疑的店扯上關聯就好了。」

「可是我不想要連自己的朋友為什麼會變成這樣子都不知道……我想做點什麼。」

「妳還不知道那是多可怕的敵人，能做什麼？」

「就是因為不知道所以才要問你嘛。」

直純的表情相當正經，不是隨口問問的樣子。

映恆壓低聲音。

「我到現在也無法完全瞭解那間店的細節，但是有一件事可以確定，那就是那間店的店長不是人類。」

剛才那句話讓直純心裡一驚。

「不是人類？那是鬼嗎？」

「那個店長除了能提供那麼多奇怪的商品，就連她本人的所在地也很難找到。我每次都是找到曾經在那間店購物的客人，大致掌握店的位置以後才行動，但是那間店似乎會移動，就算照著客人給的地址找過去，等我到的時候店面就已經變成空屋了。」

「還有這種事？」

聽起來簡直像是店面本身會瞬間移動般。

直純用手機搜尋一下，雖然有找到四、五則疑似關於魔法商店的貼文，但每一則提到的地點都不一樣，下面也有懷疑貼文是不是搞錯地點的回覆。

「所以我一直在找那間店。只要哪邊突然有奇怪的現象或是短時間獲得大成功的人，找到本人後得到線索的機率就會提高，只是以前就算找到他們，我也還沒聽到有用的消息。」

說到這，感到焦慮的映恆不禁用力緊咬嘴唇。

「那你是怎麼找到我們的？」直純想起一個關鍵的問題：「那個時候我們也還沒弄出什麼奇怪的事啊……」

「會找到妳們只是巧合。」映恆忘掉剛才的焦慮，用恢復平靜的嗓音回答：「因為只要靠近那間可恨的店的商品，我就感覺得到它的氣息。那時候只是剛好路過妳們身邊罷了。」

「是喔。」直純苦笑，畢竟這個巧合說不定是靠著章魚燒的力量才出現的，但她許了什麼願望這件事，在還真的說不出口。

「這麼說的話，你也是那間店的受害者嗎？」

「是啊。」映恆簡短地答道：「所以我會找出那間店。」

「可是那個人……你找到那個人之後要怎麼辦？你剛才不是說她不是人類嗎？」

「那妳自己又要怎麼辦？剛才妳說了想做點什麼呢。」

「我還沒想到。」直純猶豫了幾分鐘後，這才不好意思地說道。

「可是……就像你一直想要找到那間店那樣子，我也一樣不會因為不知道方法就放棄。因為……我也是那間店的受害者啊。」
映恆為了確認她是不是認真的，直直盯著她的臉看。
以直純的標準來說，眼前的少年其實長得滿可愛的。被這麼可愛的男孩子盯著看讓直純有點害羞，正當她要叫映恆別再看的時候——
走廊的黑暗之中，傳來第三者的笑聲。
「原來是這樣子啊。我還在想是誰一直這麼執著地要找我，想不到是那時候的孩子呢！好幾年不見啦！」
有個意想不到的人物從陰影中走出，腳下發出輕快的腳步聲。
淺藍色的秀髮、墨綠色的瞳孔、沒有笑意的甜美笑容。
她就是魔法商店的店員白雨芯。
如今的雨芯身上似乎又多了一點彷彿累積了數百年的成熟韻味，瞳孔裡也多了一點高中生不該有的狡詐。
映恆的表情從震驚與難以置信，轉變成極度的憤怒，臉龐也跟著泛紅。
在映恆開口以前，雨芯搶在他前面開口。
「剛才你們好像說到要把我找出來，然後要向我討公道嗎？我想你們好像對我有所誤會，使用商品會帶來什麼樣的後果，全都是客人自己的責任喲！我可沒有誘惑或故意誤導他們呢！」
不管是雨芯突然出現在這裡，還是回答剛才兩人之間談話的話語，都讓直純錯愕萬分。而映恆則用壓抑著怒氣的聲音問：

「妳好意思說這都是客人的責任？害所有人遭逢不幸的人的根源，明明就是妳賣給他們的東西！」

「真的是這樣子嗎？呵呵呵呵……」雨芯發出輕柔而帶點毛骨悚然的笑聲。

「與其說我的店是讓人類不幸的根源，倒不如說人類就是那副模樣，就算把通往天堂的鑰匙交到他們手上，他們也還是會往地獄裡跳嘛！」

「妳是說我的家人也是嗎？」

「我沒有這麼說。世界上有像你的家人那樣聰明的人類，那當然也有不是因為自身愚蠢而死的人類。但是那時候我已經盡到說明的責任，在那之後發生的事情可不能一概推到我身上喔！就像人類燒炭自殺不能怪罪賣木炭的大賣場是一樣的道理啊。」

雨芯毫不在意的輕鬆反應完全地激怒了映恆。

映恆突然用快得幾乎超越人類體能的速度衝到雨芯面前，然後一拳朝她的臉上揮下。

更驚訝的是，敵人從現場消失了。往四周一看，白雨芯竟然在短短數秒的時間就瞬間移動到兩人身後，就像鬼魂那樣毫無聲息。

「真是衝動的孩子，」雨芯用居高臨下的姿態看著還準備要衝過來的映恆：「你的母親好不容易把你生下來，結果你現在要自己來送死嗎？呵呵呵，這可不是什麼明智之舉喔！」

「那個……」

直純這時也鼓起勇氣向她搭話。

「妳說妳盡了說明的責任，可是……妳把章魚燒賣給我們的時候，明明什麼都沒說！」

「我有說啊，我說了吃到包了辣醬的那顆就有可能發生一點可怕的事喔！但我從來沒有說那是太辣會被嗆到的意思，這完全是誤會。」

直純第一次聽到這種無理的詭辯，一時間說不出話。

「而且妳們的願望也的確實現了嘛！那個骨折的女孩也靠著章魚燒的力量變得活蹦亂跳啊！」

但那種性格大變的結果並不是任何人祈求的。

「現在這樣子根本就不是『一點點可怕』！」

「那是人類的標準跟我的標準不一樣的關係。」雨芯依然一臉不在意的模樣。

「既然妳知道標準不一樣，為什麼還要把這些東西拿出來？」

聽到這個問題，雨芯不禁露出不解的表情，然後噗哧一笑。

「呵呵呵……這跟標準是否相同與否沒有關係，就像再怎麼便利的發明，送到惡劣而愚蠢的人類手中就是會帶來毀滅性的結果是一樣的道理。

我販售這些東西的理由也很簡單，就像人類在無聊的時候，會逛街、看電影、玩遊戲那樣，你們這麼做又是為什麼呢？在無聊的時候找樂子打發時間，不管哪一個種族理由都是一樣的。」

她吸一口氣，嘴角勾起快樂的弧度。

「把超越人類智慧的物品交給本身就很異常的人類，然後看著他們因為自身的傲慢與愚昧而自我毀滅，又或者是找出連我都沒想到的用途，創造出另一個讓我驚豔不已的結局，對我來說就像看無法預測劇情的歌舞劇一樣充滿快感、戲劇性還有意外！這世上沒有比這種事更有意思的娛樂呢！呵呵呵，人類是預測不到會做出什麼事的生物，太有趣了！呵呵呵……」

雨芯站在走廊中間呵呵笑著的模樣，不禁讓直純從腳底到頭皮都毛骨悚然。這個人不只瘋狂，而且還散發讓人打從心底充滿不安的氣息。

「妳這樣子等於是殺了他們……為什麼要傷害他們？」

接著在直純問完的瞬間，映恆已經跳到雨芯面前要再給她一擊。

「我沒有刻意傷害顧客喲，畢竟我也有很多使用了我賣出的商品卻依然好好活著的顧客，一竿子打翻一船人可不恰當！」

雨芯敏捷地閃過映恆的拳頭的同時，也順暢地回答直純的問題。

「不過你想要因為自己使用不當向我報仇的話也無所謂，請花個五千萬年左右的時間好好加油吧。呵呵呵……」

雨芯的話語迴盪在空氣中，她已不知不覺間從兩人眼前消失。

反正這兩個人類也不可能傷害到自己，就這樣放著觀察接下來會做什麼其實也滿有意思的。

※

映恆直接在醫院裡做完包紮處理後，坐在走廊的椅子上休息。
「還會痛嗎？」直純看著他的傷口擔心地問。
「我沒事。去看妳的朋友吧。」
「她們好像沒事了。」說到這，直純又變得有點沒精神：「剛才聽醫生說她們都是重傷，艾怡的骨折狀況又變得更嚴重了。」
艾怡為什麼會突然跳起來，而且還無視全身的重傷活跳跳地襲擊欣亭與文琳兩人，直純也完全不知道。或許那顆章魚燒把那個願望扭曲解讀成可以讓什麼不明的力量附在艾怡身上。
「能活著就是萬幸了。」映恆淡淡地說道。
「跟那間店接觸過的客人，最後幾乎都遇上了不幸的意外，無一倖免。有好幾個人失蹤，大部分的人則是喪生。」
「怎麼會……」
剛才那個店員說的話還在直純腦中迴響著。
明明有這麼多人受到傷害，這一切對她來說竟然只是像看戲般的娛樂。
「你是為了替誰報仇才這麼辛苦地一直找那間商店嗎？」直純問。
「是啊。」映恆點頭承認：「下次找到她的時候，我一定會讓她從世界上消失。」
「那你要怎麼做呢？」
「我不清楚。」

映恆雖然見過白雨芯，但像今天這樣主動出現在自己面前還是第一次。況且，面對明顯不是人類的對手該如何下手，這都還是問題。

「如果我們都沒辦法自己解決，不如我們一起聯手合作吧！」

剛才的毛骨悚然感消退，現在直純心裡反而感受到更多的憤怒。從小學就認識到現在，比誰都還要來得要好的朋友們，現在竟然全部變成這副慘樣。

「剛才你說的沒錯，可能我現在還不知道要怎麼辦……可是說不定不只有我，世界上可能還有其他跟我一樣還活著的受害者，如果我們一起找到更多受害者的話，最後或許就能找到辦法！」

「那要是未來妳不得不親手把那個怪物殺了的話，妳辦得到嗎？」

被映恆這麼一問，直純果然又變得有點猶豫。半晌後她才回答。

「這個……我也不知道。但是我一定會幫艾怡她們報仇，只有這件事，我絕對不會放棄！」

「那算了吧。」

映恆不想理她，想要直接離開。不過不想放棄的直純還是緊緊抓著他的手不放，甚至用身子擋住他的去路。

「妳要幹嘛？」

「跟我一起聯手，然後一起打倒那間店吧。」

「妳能做到什麼？而且這很危險。」

「危險又怎麼樣！我也想報仇……就算我覺得害怕還是猶豫，我也沒辦法放著害我的朋友變成現在這樣的人不管！」

直純緊緊地握住映恆的手掌，用低沉的嗓音說下去。

「就算還會再遇到危險也沒關係……拜託你。我一個人的話根本就無能為力，你一個人能做到的事明明也不多啊！去阻止誰接近那間店還是找被害人也好，我現在就是沒辦法什麼都不做！」

映恆不禁嘆了口氣。

「隨便妳吧。」

直純用力點頭，表現自己的決心。

「妳叫什麼名字？」

「咦？我叫江直純。正直的直，單純的純。」

說完，直純再次握住映恆的手掌。

「不管用什麼樣的辦法，我們一起想辦法把那間店打倒吧。」

映恆凝視直純一陣子，不知道是不是被直純認真的模樣感動了，他又輕呼一口氣，接著同樣握住直純的手。

小說裡面出現的神奇商店，有時會像哆啦A夢那樣幫助迷惘的客人渡過難關，有時也會懲罰邪惡的客人。

但是使用這間店賣出的商品以後，不管客人有什麼苦衷，通常結果只有一個，那就是遭遇不幸甚至是死亡。

所以，映恆的回答也只有一個。

「一起阻止那個噁心的店員，然後消滅那間可恨的魔法商店吧。」

（本集完）

#【後記】

各位購買《德吉洛魔法商店》第一集的朋友們大家好，我是山梗菜。很高興可以跟各位在這裡見面，也希望各位會喜歡這次的故事。

這本小說可以順利成書，過程中要感謝許多人的幫忙。首先要感謝喬齊安編輯，在本書校稿時提供了許多意見，同時也給了我許多各方面的協助，沒有編輯的幫忙的話這本書就沒辦法順利問世，個人在這邊向喬齊安編輯致上萬分感謝。接著要感謝幫忙推薦這本小說的月亮熊老師、千晴老師還有胡仲凱老師，因為有三位老師的推薦，這部小說才能增加一百倍的光采，我在這邊也向三位老師致上感謝之意。

另外，這次的小說封面真的很棒呢！店面的模樣完美地呈現了稍微讓人感到詭異的氣氛，彷彿無形的惡意會從意想不到的角落飄散出來，這樣的風格真的很適合這次的故事。在這邊也要感謝美編劉肇昇先生準備了這麼搭的封面！

第一集的故事，主要是各種來到魔法商店的客人得到效果超乎意料之外的魔法商品後，人生從此發生重大轉折的短篇集。而在本書最後一章登場的神秘少年桑映恆以及女高中生江直純，將在下一集開始成為主角，同時開始追尋魔法商店以及店長白雨芯的蹤跡。不過尋找商店的過程絕對不會一帆風順，同時兩人又會遇到購買了效果更加詭異的商品的客人，還有遭遇不可思議的意外狀況。但想知道兩人會有什麼樣離奇的冒險的話，就請各位繼續期待接下來的故事。

再來談談這部作品的創作背景。說到神奇的道具，大家一定都會想到來自二十二世紀的機器貓哆啦A夢吧？我從國小的時候也很喜歡幻想自己要是得到哆啦A夢的道具可以做些什麼，不過長大以後再回頭看，就會發現有一些秘密道具如果真的存在的話，反而會讓社會大亂或絕對會被居心不良的人拿來犯罪。如果讓不正經的人得到力量的話會如何暴走並引發什麼亂七八糟的事件，這就是我在這部作品想要寫的東西。

不過不管什麼樣方便的工具或魔法道具都一樣，只要使用的人本身不懷好意，最後一定會導向悲慘的結果，世上的所有事物都是一把雙面刃，會帶來什麼效果，一切都取決於使用者的動機。這次的作品裡寫到的各種客人也是如此，如果他們有把商品往好的方向利用的話，或許就不會變成那麼悲慘的結局也不一定呢。

最後還是要感謝每一位願意拿起這本書然後讀到最後的朋友們，祝福各位身體健康，我們下一集再見。

釀冒險37　PG2395

德吉洛魔法商店：

惡魔觀賞的歌舞劇

作　　者　山梗菜
責任編輯　喬齊安
圖文排版　陳怡蕙
封面設計　劉肇昇

出版策劃　釀出版
製作發行　秀威資訊科技股份有限公司
114 台北市內湖區瑞光路76巷65號1樓
電話：+886-2-2796-3638　傳真：+886-2-2796-1377
服務信箱：service@showwe.com.tw
http://www.showwe.com.tw
郵政劃撥　19563868　戶名：秀威資訊科技股份有限公司
展售門市　國家書店【松江門市】
104 台北市中山區松江路209號1樓
電話：+886-2-2518-0207　傳真：+886-2-2518-0778
網路訂購　秀威網路書店：https://store.showwe.tw
國家網路書店：https://www.govbooks.com.tw
法律顧問　毛國樑　律師
總 經 銷　聯合發行股份有限公司
231新北市新店區寶橋路235巷6弄6號4F
電話：+886-2-2917-8022　傳真：+886-2-2915-6275

出版日期　2020年4月　BOD一版
定　　價　260元

Printed in Taiwan

國家圖書館出版品預行編目

德吉洛魔法商店：惡魔觀賞的歌舞劇 / 山梗菜
著. -- 一版. -- 臺北市：釀出版, 2020.04
面；　公分. -- (釀冒險；37)
BOD版
ISBN 978-986-445-383-2(平裝)

863.57　　109003011

讀者回函卡

感謝您購買本書，為提升服務品質，請填妥以下資料，將讀者回函卡直接寄回或傳真本公司，收到您的寶貴意見後，我們會收藏記錄及檢討，謝謝！如您需要了解本公司最新出版書目、購書優惠或企劃活動，歡迎您上網查詢或下載相關資料：http:// www.showwe.com.tw

您購買的書名：______________________________

出生日期：________年________月________日

學歷：□高中（含）以下　□大專　□研究所（含）以上

職業：□製造業　□金融業　□資訊業　□軍警　□傳播業　□自由業
　　　□服務業　□公務員　□教職　□學生　□家管　□其它_____

購書地點：□網路書店　□實體書店　□書展　□郵購　□贈閱　□其他

您從何得知本書的消息？

□網路書店　□實體書店　□網路搜尋　□電子報　□書訊　□雜誌
□傳播媒體　□親友推薦　□網站推薦　□部落格　□其他__________

您對本書的評價：（請填代號　1.非常滿意　2.滿意　3.尚可　4.再改進）

封面設計____　版面編排____　內容____　文／譯筆____　價格____

讀完書後您覺得：

□很有收穫　□有收穫　□收穫不多　□沒收穫

對我們的建議：______________________________

____

____

____

請貼
郵票

11466
台北市內湖區瑞光路 76 巷 65 號 1 樓
秀威資訊科技股份有限公司 收
BOD 數位出版事業部

....

（請沿線對折寄回，謝謝！）

姓　　名：____________ 年齡：______ 性別：□女 □男

郵遞區號：□□□□□

地　　址：________________________

聯絡電話：(日)____________ (夜)____________

E-mail：________________________